COLLECTION MICHEL LÉVY
— 1 franc le volume —
1 franc 25 centimes à l'étranger

ÉMILE SOUVESTRE

— ŒUVRES COMPLÈTES —

SCÈNES

DE LA

CHOUANNERIE

NOUVELLE ÉDITION

PARIS

MICHEL LÉVY FRÈRES, LIBRAIRES-ÉDITEURS
RUE VIVIENNE, 2 BIS

—

1858

COLLECTION MICHEL LÉVY

OEUVRES COMPLÈTES

D'ÉMILE SOUVESTRE

OEUVRES COMPLÈTES

D'ÉMILE SQUVESTRE

format grand in-18.

Paris. — Impr. chez Bonaventure et Ducessois, 55, quai des Augustins.

SCÈNES

DE

LA CHOUANNERIE

PAR

ÉMILE SOUVESTRE

Nouvelle Édition

PARIS

MICHEL LÉVY FRÈRES, LIBRAIRES-ÉDITEURS

RUE VIVIENNE, 2 BIS.

1858

PREMIER RÉCIT.

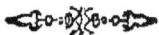

LA FAMILLE CHOUAN.

I

Le Maine. — Un meunier Manceau. — L'émousse du chemin
Vert. — Jeannette Cottereau. — Histoire de la veuve des
Poiriers. — Les Faux Saulniers. — Le gas mentoux.

Placé aux marches de la haute Bretagne, le
Maine semble la continuer par sa culture et l'aspect de son paysage. Ce sont toujours les mêmes
friches où paissent nuit et jour les chevaux du
métayer, entravés au pied droit par une hart de
chêne, les mêmes champs de blés parsemés de

pommiers en parasol, les mêmes linières faisant
onduler leur verdure, bleuâtre comme les eaux
d'un étang, les mêmes chemins creux s'enfonçant,
dans toutes les directions, sous une voûte de feuil-
lée. Les Manceaux eux-mêmes diffèrent peu des
haut Bretons. Leurs costumes, leurs habitudes,
leurs croyances, sont presque semblables, et c'est
seulement en étudiant les caractères que vous
pouvez saisir des nuances distinctives.

Pressés en sens inverse par la Bretagne et la
Normandie, les Manceaux durent contracter de
bonne heure, dans cette double lutte, l'esprit
soupçonneux et l'humeur batailleuse. Toujours
menacés, ils se tinrent toujours en défense. Si leur
seigneur était parfois obligé de céder quelque chose
à ses puissants voisins, ils s'en dédommageaient
par le maraudage sur les marches des deux duchés;
ce qu'on avait enlevé en grand au comte était reconquis en détail par les vassaux. De là des épreuves
continuelles pour leur patience et leur courage.
Bientôt dégoûtés de faire la course sur le territoire
des Bretons, que leur indigence rendait plus dangereux que profitables à dépouiller, ils se retour-

nèrent contre l'opulente population de la Normandie, et comme dans ces luttes individuelles, le
pauvre, plus audacieux et plus endurci, l'emporte
habituellement sur le riche, on vit s'établir peu
à peu le proverbe qu'un *Manceau valait un Normand et demi.*

Plus tard, lorsque l'unité de la monarchie fran-
çaise eut mis fin à ces querelles de voisinage, l'é-
tablissement des gabelles entretint les habitudes
guerroyantes. Le sel, *ce sucre du pauvre,* comme
l'a appelé notre grand poëte Béranger, ne coûtait
qu'*un sou* la livre en Bretagne, grâce aux fran-
chises de la province; dans le Maine, la ferme le
faisait payer *treize sous!* Les gentilshommes ob-
tenaient, à la vérité, chaque année, une distribu-
tion de *sel royal* qui leur était livré exempt d'im-
pôt; mais les paysans devaient se fournir aux gre-
niers de la gabelle où les commis trompaient sur
le prix, sur la qualité, sur la mesure. Bien plus,
le droit d'économiser en se privant était interdit.
Chaque imposable avait un *minimum* de consom-
mation fixé par les règlements. La ferme vendait
son sel, comme nous avons vu de nos jours les

Anglais vendre leur opium, sous peine d'amendes et à coups de fusil. Les amendes étaient pour les consommateurs récalcitrants, les coups de fusil pour les *faux-saulniers*.

On donnait ce nom aux contrebandiers qui allaient chercher en Bretagne le *faux sel*, c'est-à-dire le sel dont la gabelle n'avait point légitimé l'introduction. Presque tous les paysans voisins de la frontière bretonne s'adonnaient à ce dangereux commerce. Munis d'un double sac qu'ils chargeaient sur leurs épaules, armés de ce long bâton, nommé *ferte*, avec lequel ils franchissent les douves et les haies, les Manceaux déroutaient les recherches des gabeleurs, les combattaient au besoin, et affrontaient la ruine, les galères ou la mort avec une audace invincible, mais calculée ; car, si le courage est une vertu commune à toutes les populations qui soutinrent la guerre civile contre la république, il faut reconnaître qu'il s'y montra sous des formes singulièrement différentes. Brillant chez le Vendéen et le Normand, silencieux chez le Breton, il prend chez le paysan du Maine quelque chose de *raisonnable* qui peut nuire à sa grâce, mais lui ôte en même temps une partie de son péril. Les premiers sont téméraires par goût, le Manceau ne l'est jamais que par réflexion. Il ne connaît point les fantaisies vaillantes, et laisse aux autres le luxe du courage pour n'en retirer que le profit. Véritable Hollandais de France, il regarde l'audace comme un capital qu'il faut avant tout bien placer.

Une anecdote justifiera notre observation.

Nous visitions un des moulins placés sur les affluents de la Mayenne, en compagnie du propriétaire, demi-bourgeois, demi-paysan, qui passait dans le pays pour un grand industriel, parce qu'il avait fait fortune à la même place où son prédécesseur s'était ruiné. Ce n'était pourtant qu'une de ces médiocrités juste assez intelligentes pour profiter de la science des autres et trop ignorantes pour en abuser, un de ces braconniers du progrès qui laissent aux grands chasseurs le soin d'élever les idées et se contentent de les prendre au passage quand elles sont devenues gibier. Notre maître meunier avait introduit dans son usine la plupart des nouveaux perfectionnements, et était plus fier d'en profiter à peu de frais qu'il ne l'eût été de les avoir découverts. Du reste, âpre au travail comme tous les paysans enrichis, il remplaçait par l'activité ce qui manquait à ses lumières. On le disait dur aux étrangers, mais tendre aux siens et brave homme au total. Quant à moi, je le savais fort au fait des usages et des histoires du pays, ce qui me le rendait, pour le moment, le plus précieux des hôtes.

Il nous avait montré tous les détails du moulin en appuyant principalement sur le prix des machines, dans la conviction évidente que notre admiration devait croître avec le total. Nous arrivâmes enfin à la chute d'eau, où un jeune homme d'environ dix-huit ans était occupé à manœuvrer les vannes. Le meunier nous le fit remarquer.

— C'est mon fils Pierre, dit-il, mon unique héritier; le voilà qui soigne sa *grand'mère.*

Et comme je le regardais sans comprendre:

— Oui, oui, continua-t-il en riant, c'est un nom que j'ai donné à la grande vanne par manière de farce, et aussi parce que sans elle le garçon aurait depuis longtemps mangé sa dernière miche.

— A-t-il donc failli tomber dans le canal? demandai-je.

— Mieux que ça, répliqua le meunier; il y est tombé d'aplomb, et la tête en avant. Il y a dix ans de la chose, mais je m'en souviens comme si c'était d'hier. Je me trouvais sur le petit pont et lui sur la berge; il arrachait des roseaux pour faire des sifflets; tout d'un coup j'entends un clapotis, je me retourne, et j'aperçois les jambes de Pierre qui gigottaient sur l'eau, puis rien ! Il avait coulé comme un plomb !

— Et vous vous êtes jeté dans le canal?

— Non pas; je nage à la manière des cailloux; je serais allé rejoindre le petit, et il y aurait eu deux bières à acheter au lieu d'une : je n'ai jamais aimé les dépenses inutiles.

— Alors vous avez appelé les garçons meuniers?

— Ah ! bien oui ! La mort serait arrivée à l'enfant plus vite qu'eux.

— Mais qu'avez-vous donc fait?

— J'ai fait un raisonnement. Je me suis dit : Le petit est au fond; s'il faut le temps de le chercher, on le retirera roide; mieux vaut ouvrir la vanne pour que le courant l'amène, et je le saisirai au passage, à moins que nous ne soyons emportés tous deux sous la roue, et alors, bonsoir! Tout en pensant, je faisais ce que je pensais. Accroché d'une main à la planche, je regardais l'eau qui passait sous la vanne ouverte, et j'attendais Pierre sans rien voir, quand tout à coup je ne sais quoi de noir arrive! Je plonge la main dans le bouillon d'eau, j'attrape quelque chose que je retire! C'était mon Pierre! aussi vivant que vous et moi. Le gueux avait l'haleine d'un poisson; il ne s'était même pas donné le genre de s'évanouir; tout se réduisait pour lui à un bain d'agrément.

La narration du meunier, faite sur le théâtre même de l'événement, n'avait pas besoin de commentaire. De tous les moyens de sauvetage offerts par les lieux et les circonstances, il avait évidemment choisi le plus sûr pour l'enfant et pour lui-même. En pareil cas, le Vendéen et le Normand eussent appelé au secours ou se fussent jetés dans le canal, au risque de ne pouvoir s'en retirer; le Breton eût économisé les cris pour courir à l'enfant, avec lequel il se fût noyé silencieusement; seul, le Manceau, avant de rien essayer, *avait fait un raison-nement* auquel Pierre devait son salut.

Ce n'était point, du reste, une curiosité industrielle qui m'avait conduit au *Moulin-Neuf*, mais bien l'espoir que son propriétaire pourrait me faire connaître un des anciens compagnons de ce Jean Cottereau devenu célèbre dans les guerres civiles de l'ouest sous le nom de Jean Chouan. Dès les premières ouvertures faites à ce sujet, le meunier proposa de me mener chez le vieux *Va-de-bon-Cœur*, dernier représentant de ces *guerillas* aventureuses qui, à trois reprises différentes, avaient, selon l'expression d'un contemporain, *donné la fièvre à la République.*

— Le difficile sera de le faire parler, ajouta-t-il, vu qu'il craint toujours un rappel de compte. Aujourd'hui ce n'est plus qu'un vieil innocent qui passe les journées à tresser des jarretières et à apprendre le catéchisme aux petits; mais, dans son temps, il a aussi arrêté les diligences, fusillé les *patauds* (1) et orné la queue des chiens de cocar-

_____

(1) Le nom de *pataud*, donné par les chouans aux républicains, fut une altération du mot *patriote*, d'abord mal prononcé par

des tricolores. Si vous voulez qu'il vous raconte sa vie de brigand, munissez-vous d'une bouteille de cognac. Vous savez qu'il faut apporter du lait quand on désire faire sortir les couleuvres de leurs trous.

Le propriétaire du *Moulin-Neuf* avait fait atteler son char à bancs, dans lequel nous montâmes, et qui se dirigea vers la métairie des *Boutières*, où habitait le vieux *Va-de-bon-Cœur*. Nous suivions une route peu fréquentée que tapissait une herbe courte, sur laquelle les charrettes des métairies n'avaient tracé que de rares sillons. De loin en loin se montrait, au revers du fossé, une petite fille tenant la corde d'une vache qui broutait au fond de la douve. Les épis suspendus aux buissons, partout où la route devenait plus étroite, attestaient le passage récent des moissons, et l'on entendait retentir de toutes parts les bruits cadencés des *batteries*. Nous roulions depuis près d'une heure, lorsque le char à bancs arriva à un carrefour formé par la rencontre de deux chemins. A

les paysans, pour qui il était tout nouveau, et qui n'en connaissaient pas la signification.

l'angle le plus apparent s'élevait un de ces arbres garnis, depuis la base jusqu'au sommet, de branches que l'on émonde tous les trois ans, et qui bordent les routes du Maine d'une double colonnade de verdure. Je fus frappé de la présence d'une croix clouée à son écorce, et au-dessous de laquelle une jeune paysanne était agenouillée. Mon compagnon s'en aperçut.

— Ah ! vous regardez la grande *émousse,* dit-il en retirant à lui les guides afin de ralentir le pas du cheval ; avancez la tête de ce côté, et vous verrez que le tronc est creux, comme il arrive le plus souvent quand l'arbre vieillit. Pendant la guerre, c'était la meilleure cachette pour les chouans, et il y a quelques années qu'on a trouvé dans l'*émousse* que vous voyez le squelette de l'un d'eux avec son fusil et son chapelet. Les curés sont venus le retirer de son étui pour le porter en terre sainte ; on a cloué à l'*émousse* une croix de quatre sous, et, depuis, tous les gens du pays lui tirent leurs chapeaux, quand ils ne font pas mieux, comme cette *tête blanche* (1) qui est là en prières. Mais,

(1) Nom que les Manceaux donnent aux femmes, à cause de leurs coiffes.

Dieu me pardonne, c'est Jeannette, une descendante des frères Chouan !

— Une Cottereau ! m'écriai-je.

— Juste ! Vous auriez envie de la voir, pas vrai? Eh ! Jeannette ! voilà assez de *Pater noster,* ma vieille ; ça n'est pas poli de ne montrer aux passants que tes talons.

La jeune fille continua à prier ; je crus qu'elle n'avait pas entendu.

— Laissez donc, dit le meunier, elle a l'oreille plus fine que la taupe de jardin ; mais il faut qu'elle ait une raison pour se déranger. Allons ! Jeannette, j'ai assuré au bourgeois que tu étais la plus jolie paroissienne de ton curé, prouve-lui que je n'ai pas menti.

Elle resta immobile.

— Ne me fais pas attendre, reprit mon compagnon ; j'ai dix écus à te remettre pour un reste de compte,

La coiffe blanche fut agitée d'un mouvement imperceptible, mais ne se retourna pas. Le meunier éclata de rire.

— Puisqu'elle a résisté aux dix écus, il faut y renoncer, dit-il en faisant repartir le cheval. Vous voyez que la brigande est sourde et muette à volonté ! C'est la vraie petite-fille de la veuve des *Poiriers*.

Je demandai ce que c'était que la veuve des *Poiriers*.

— Eh bien ! mais la mère des frères Chouan, reprit le meunier ; sa closerie s'appelle *les Poiriers*, et, chez nous, chacun prend le nom du bien qu'il cultive ; est-ce qu'on ne vous a pas raconté l'histoire de la mère Cottereau ?

Je répondis négativement, en ajoutant que j'étais prêt à l'entendre, si mon conducteur la savait.

— Si je la sais ! répliqua-t-il ; pardieu ! mon oncle, qui avait été dans le temps notaire à Port-Brillet, ne parlait point d'autre chose. Il disait toujours que la veuve des *Poiriers* était une Romaine, et il répétait si souvent son histoire, avec toutes les circonstances, que je l'ai apprise pour ainsi dire par cœur.

Je pris l'attitude de quelqu'un qui se prépare à écouter.

— Il faut vous dire d'abord, continua mon compagnon, que les Cottereau étaient sabotiers de père

en fils et vivaient au milieu des bois dans des cabanes de feuilles et de copeaux. Leurs femmes ac-
couchaient là sans autre matrone que leur bonne
volonté, et les enfants grandissaient, comme les
loups, à la garde du diable. L'âge venu, ils prenaient la *ferte* et se faisaient faux-saulniers à
l'exemple de leurs pères. Il paraîtrait que cette vie
avait fini par les rendre si tristes et si sauvages,
que les gens du pays leur avaient donné le nom de
Chouins (1), qui était resté depuis à la famille. Cependant le père des trois Cottereau était plus so-
ciable. Il s'était instruit tout seul et venait tous les
dimanches dans les métairies pour lire la vie des
saints aux hommes et apprendre les nouveaux
noëls aux jeunes filles. Ce fut de cette manière
qu'il fit la connaissance de Jeanne Moyné, et que
tous deux tombèrent amoureux l'un de l'autre.
Mais le métayer ne pouvait donner sa fille, sans
déshonneur, à un homme qui n'avait jamais la-
bouré la terre : aussi l'amoureux fut congédié, et
on ordonna à Jeanne de tourner son cœur d'un

---

(1) Chats-huants en patois du Maine; de *chouin* on fit, par
corruption, *chouan.*

autre côté. Elle reçut l'ordre sans rien dire ; elle ne
pria ni ne pleura ; seulement, quelques jours après,
elle s'enfuit de la métairie, et, pour bien faire comprendre qu'elle ne reviendrait plus, elle laissa sa
quenouille et son écuelle brisées à la porte de l'é-
table ! Cottereau, qui l'attendait sur la route de
Laval, l'emmena dans la forêt de Coucise, où était
sa cabane. Arrivée là, Jeanne avertit le sabotier
qu'elle ne demeurerait avec lui qu'après avoir été
mariée par un prêtre. Ils partirent donc un dimanche pour Saint-Ouën-des-Toits. La jeune fille
entra seule dans l'église afin de parler au recteur ;
mais il se trouva qu'il venait de monter en chaire
pour le *monitoire* (1). Après avoir réprimandé par
leurs noms ceux de sa paroisse qui avaient négligé
les offices ou qui avaient travaillé sans dispense les
jours *gardés*, il annonça qu'une fille du voisinage
venait de donner un grand scandale en quittant sa

(1) L'usage de ces admonitions publiques et de ces sommations
adressées au coupable, sous peine d'excommunication après trois
avertissements, existait, avant la révolution, dans toutes les paroisses de l'ouest. Les prêtres abusaient rarement de ce singulier
pouvoir de censure que la ferveur de la foi avait établi, et que
l'habitude maintenait sous le nom significatif de *monitoire.*

maison pour suivre un homme, et il l'appela, selon l'habitude, à confesser sa faute devant les paroisses sous peine d'excommunication. Alors Jeanne, qui était à genoux devant la chaire parmi les autres *têtes blanches*, et qui, jusqu'à ce moment, avait tenu le front baissé pour qu'on ne pût la reconnaître, se leva tout à coup avec un visage tranquille et se mit à réciter à haute voix son *Confiteor*. Vous comprenez si ce fut un grand saisissement pour ceux qui se trouvaient là. Le recteur lui-même ne savait s'il devait approuver ou se plaindre. Il interpella la jeune fille sur son action ; mais elle donna si bien ses raisons, qu'au dire de mon oncle, qui y était, toutes les femmes se prirent à pleurer, et que les pères de famille eux-mêmes ne trouvèrent rien à reprendre. Quant au prêtre, il finit par la recommander aux prières des assistants, et le soir suivant il la fit revenir avec Cottereau pour les marier en cachette. Il leur donna ensuite un certificat afin qu'ils ne fussent point inquiétés dans les paroisses (1).

(1) Ces mariages, célébrés secrètement par les prêtres, qui, comme on le sait, tenaient les registres de l'état civil avant la révo-

Je demandai au meunier si Jeanne n'avait pas eu à se repentir de son mariage avec Cottereau.

— Non pas que je sache, répondit-il. Le sabotier était un homme sévère, mais sans *mauvaiseté*, comme ils disent ici. Seulement la mort le prit de bonne heure, et la veuve vint alors habiter la closerie des *Poiriers*, qu'elle avait reçue d'héritage, avec ses deux filles et ses quatre garçons, parmi lesquels était le fameux Jean Chouan.

Avant d'avoir déclaré la guerre aux bleus, Jean était déjà le plus célèbre faux-saulnier du Maine, et la preuve, c'est qu'on chante encore aujourd'hui la complainte du *gas mentoux*. On lui avait donné ce nom à cause de ses ruses pour tromper les gabeleurs, et de ses hâbleries avec les contrebandiers qu'il entraînait toujours dans quelque casse-cou en répétant qu'*il n'y avait pas de danger*. C'était sa

lution, étaient fort rares, mais non sans exemples : c'étaient des cas exceptionnels dans lesquels le curé violait la loi civile dans l'intérêt de la loi religieuse et en obéissant à une inspiration de conscience dont il n'était responsable que devant son évêque ; il remettait alors aux époux unis secrètement un certificat latin constatant la légitimité religieuse de leur mariage, afin qu'ils ne fussent point inquiétés dans leur paroisse comme concubinaires.

phrase ordinaire. Lui-même pourtant, malgré son adresse, ne se tirait pas toujours d'affaire sans coups, sans pertes ou sans prison ; seulement il se vengeait par de bons tours. Un jour les commis de Laval, qui l'avaient fait condamner à plusieurs amendes et n'avaient pu se faire payer, arrivèrent pour saisir les meubles de la closerie ; mais les Cottereau, avertis à temps, avaient tout transporté chez les voisins, et les commis ne trouvèrent que les quatre murs. Cependant ils ne se déconcertèrent point. La maison venait d'être couverte à neuf ; ils appelèrent des ouvriers pour enlever les ardoises et la charpente, afin de tout vendre au plus offrant. Jean ne se fâchait jamais contre ceux qui étaient dans leur droit. Au lieu de se plaindre, il aida lui-même, comme couvreur, à tout démolir, et, le soir arrivé, il alla inviter les commis à examiner si les choses avaient été faites à leur fantaisie. Les commis, qui triomphaient, vinrent sans défiance ; mais à peine furent-ils entrés, que Jean referma la porte à double tour en leur criant que, puisqu'ils préparaient aux autres des maisons sans toits, il était juste qu'ils en fissent l'expérience, et, comme la pluie commençait à tomber, il leur souhaita la bonne nuit et alla rejoindre les siens au village.

Ce tour-là, au dire de mon oncle, lui coûta plus de deux cents écus. Lui et ses deux frères, les faux-saulniers, furent bientôt traqués comme des renards. Les saisies et les condamnations avaient ruiné la famille des *Poiriers*. On devait au métayer, au meunier, au fournier, à tout le monde ; le *gas mentoux* jaunissait de dépit de ne pouvoir faire passer, sans être pris, une poche de *faux sel*. Il partit enfin accompagné d'une bande de mauvais garçons décidés, comme lui, à se faire place avec la *ferte*. On rencontra les gabeleurs, il y eut bataille, et Jean tua le plus hardi des agresseurs, petit Pierre, surnommé le *fin gabelou*. Ce fut une grande épouvante pour tous les faux-saulniers qui se trouvèrent présents au meurtre : ils crièrent à Jean de regagner la Bretagne, où il lui serait facile de se cacher quelque temps ; mais le *gas mentoux* répondit comme d'habitude : *Y a pas de danger,* si bien que le soir même il était pris et conduit à la prison de Laval. Sa condamnation ne pouvait être mise en doute, car les crimes de faux-saulnerie étaient jugés par la gabelle elle-même, qui se trouvait ainsi prononcer dans sa propre cause. La veuve Cottereau comprit sur-le-champ le danger. Quand on vint lui annoncer l'arrestation de Jean, elle était occupée à traire la seule chèvre restée aux *Poiriers* après les confiscations. Elle se leva épouvantée en criant : — Jésus ! le *gas mentoux* sera pendu ! Mais elle reprit courage presque aussitôt, *chaussa sa meilleure paire de souliers,* à ce que dit la complainte, et courut chez les princes de Talmont, qui avaient toujours protégé sa famille. Par malheur ils venaient de partir pour la cour. La veuve resta près d'une heure assise sur l'escalier de la maison comme une condamnée qui attend le couteau. Enfin, tout d'un coup elle se leva en disant : — Il n'y a que le roi qui peut me donner la grâce de Jean. — Et, *prenant ses souliers dans ses mains,* elle se mit en route pour Versailles.

Je ne pus retenir une exclamation.

— Et elle y arriva ? m'écriai-je.

— Le cinquième jour ! Elle avait fait **soixante-**

dix lieues *sur le cuir de ses pieds* (1), sans s'arrêter
autrement que pour demander un morceau de
pain aux portes des maisons quand elle avait faim,
et un peu de paille dans les granges quand elle
avait sommeil ; mais, arrivée à Versailles, elle
apprit que les Talmont, qui pouvaient seuls la présenter au roi, s'étaient attardés en route dans
quelque château, on ne savait où, et ne viendraient
peut-être de longtemps. Pour cette fois, la veuve
sentit son courage à bout. Elle resta toute une
nuit à genoux devant un crucifix sans finir de pleurer ; elle ne connaissait personne à Versailles que
le cocher du prince de Talmont, un *mainiau* de

(1) Toutes ces expressions appartiennent à la complainte **du**
gas menloux.

> Faut pas croire ainsi, ma mère,
> Chaussez vos meilleurs souliers,
> Laissez tout et partez vite
> Sans rabattr' votr' tablier.
>
> . . . .
>
> J' ferais cent lieues et j'en f'rais mille
> Rien que sur l' cuir de mes pieds ;
> Mon fils, il faut que je parte,
> Dans mes mains j'ai mes souliers
> Et dans l' cœur, pour aller vite,
> Mon fils, j'ai mon amitié.

Saint-Ouën-des-Toits, qui se sentit écœuré de la voir tant pleurer et qui lui demanda si elle aurait la hardiesse de parler au roi toute seule. — Pour sauver Jean, je parlerais à la Trinité, répondit la veuve. — Alors, dit Jérôme, je risque ma place et le reste pour servir un *pays*. Vous allez monter dans la voiture du prince ; on croira que c'est lui qui se rend à son devoir, on nous laissera passer les grilles sans rien dire, et, quand le roi sortira du grand vestibule pour monter en carrosse, vous irez vous jeter à ses pieds, et vous prierez Dieu de vous faire bien parler, car c'est notre sort à tous qui se décidera. La chose fut exécutée le jour même. Jeanne monta en voiture, attendit le roi, et, dès qu'il parut, elle courut à lui en criant : — Grâce, Monseigneur ; les *gabelous* nous ont ruinés, et maintenant ils veulent pendre mon fils parce qu'il s'est fait faux-saulnier. Sauvez Jean, monseigneur, nous serons sept à prier Dieu pour vous !

Le roi fut d'abord étourdi de s'entendre appeler Monseigneur par cette femme à mine effarée dont le costume était inconnu. Les gens de la cour criaient que c'était une folle et qu'il fallait l'arrêter;

mais, quand elle eut tout raconté, ce fut à qui se récrierait d'admiration. Le roi voulut rentrer pour signer lui-même un sursis, en attendant la grâce, qui fut donnée quelques jours après.

— Et ce fut ce mêm faux-saulnier, sauvé par lui de la potence, qui essaya plus tard de le venger en commençant l'insurrection royaliste dans l'ouest?

— Lui-même. Jean Chouan fut le premier en France à prendre un fusil contre la République au cri de *vive le roi!* Du reste, le vieux *Va-de-bon-cœur* pourra vous donner là-dessus tous les détails, car il en était. Justement nous voici arrivés aux *Boutières.*

Notre char à bancs tournait, en effet, une haie de prunelliers qui laissaient entrevoir, à travers leur feuillage, l'aire de la métairie sur laquelle les batteurs déliaient les javelles avec des éclats de rire et des appels joyeux. Notre compagnon se leva debout pour regarder par-dessus la verte clôture.

— Dieu me pardonne! ils préparent la dernière *airée,* dit-il; nous arrivons à souhait pour vous qui aimez les vieux usages et les vieilles cérémonies.

— Pourquoi cela?

— Parce que nous allons assister à *la fête de la gerbe.*

II

La fête de la gerbe, Ronde des batteurs. — Le vieux *Va-de-bon-Cœur.* — Manière d'entrer dans la confiance d'un Manceau.

Nous avons déjà eu occasion de décrire (1) la joie grave et presque religieuse avec laquelle les populations bretonnes accomplissent les travaux de l'*août* et récoltent le *blé du bon Dieu,* comme ils disent dans leur poétique langage. On ne peut douter que cette moisson n'ait, à leurs yeux, un caractère particulier, car aucune autre n'excite chez eux les mêmes transports et ne s'entoure des mêmes rites pieux. Évidemment la tradition druidique leur a confusément appris à y voir le flot fécondant destiné à entretenir le niveau de la vie toujours décroissant dans les êtres ; le blé est pour eux ce qu'était la manne pour les Hébreux : un

(1) *Voyez* les *Derniers Bretons.*

don venant plus directement du ciel, un éternel
miracle visible aux yeux de tous.

Sans avoir conservé chez les paysans du Maine
une expression aussi sérieuse, le culte de la moisson y survit encore dans *la fête de la gerbe*. La joie
est la même, seulement elle a perdu son caractère
sacré ; la reconnaissance n'a plus d'attendrissements ; l'esprit manceau y a substitué le calcul.
Tous les détails des *batteries* bretonnes symboli-
sent l'adoration panthéistique revêtue d'apparences
chrétiennes ; *la fête de la gerbe* ne symbolise que
l'enrichissement du maître et le contentement qui
naît de l'abondance. Ici, comme toujours, le raisonnement a modifié la poésie. Héritiers de la
même tradition sublime, Manceaux et Bretons en
ont usé selon leurs caractères ; ceux-ci ont laissé
la leur planer dans les nuées en la suivant vague-
ment du regard, pendant que ceux-là ramenaient
à terre le cerf-volant pour utiliser la ficelle et le
papier. Mais, si la grandeur manque à cette *fête de
la gerbe*, en revanche la grâce et la gaieté y abon-
dent ; l'églogue antique s'y retrouve mise en action
avec une réalité plus vivante.

Au moment d'achever la préparation de la dernière *airée*, les batteurs s'avancent ensemble vers
le métayer et lui montrent, dans la grange, une
gerbe couverte de fleurs et de rubans. Tous leurs
eliorts pour la soulever ont été inutiles, *cette gerbe*
vèse le poids de la moisson tout entière et ne veut
être portée sur l'aire que si le maître l'y conduit,
car *chacun commande à sa richesse et a seul droit*
d'en disposer. Le métayer se rend en conséquence
à la grange, où, aidé de ses plus proches parents,
il soulève la gerbe, tandis que les autres moissonneurs forment le cortége. En tête marchent les
balayeurs, qui nettoient le passage devant cet em-
blème de la moisson ; en arrière, des enfants, re-
présentation vivante de la famille, qui poussent
des cris de joie en secouant dans leurs petites
mains des touffes d'épis. S'il y a à la métairie quelques étrangers, ils suivent, portés sur un brancard de ramées et accompagnés de deux jeunes
filles qui leur présentent un plat d'étain avec du
blé nouveau et des fleurettes, c'est-à-dire ce qui
est nécessaire et ce qui charme, double symbole
des devoirs de l'hospitalité. Plus loin marche le

vanneur, lançant en l'air le grain qu'il épure ; puis viennent les batteurs, dont les fléaux frappent le sol en cadence. Après avoir fait le tour de l'aire dans le même ordre au bruit des rires, des chants et des coups de feu tirés par les fils de la maison, tout le cortége s'arrête, on délie la gerbe, et la métayère apporte sur une chaise recouverte d'un linge blanc du vin, du beurre et du pain de froment ; on boit, on mange, puis le travail reprend jusqu'à ce que *l'airée* soit battue et relevée.

Pendant ce temps, le repas du soir s'apprête à la métairie. Dès la veille, les jeunes moissonneurs ont eu soin de déposer un bouquet de *fleurs des prairies* sur la sellette à traire de toutes les étables voisines. Les métayères ont compris l'invitation et arrivent par toutes les *voyettes* avec leurs fromages de lait caillé. Enfin, la moisson rentrée, tout le monde se met à table, et, pour cette fois seulement, en signe de l'égalité qu'établit la joie, les femmes prennent place à côté des hommes. Les jeunes gens apportent des bouquets, la plus jolie fille présente successivement à chaque convive une cuillerée de lait caillé, et toutes les voix chantent en chœur *la Ronde de la moisson.*

On nous pardonnera si, comme Alceste, nous citons quelques couplets de ce vieux chant. *La rime n'est pas riche,* car, ainsi qu'il arrive d'habitude dans ce genre de compositions, le poëte s'en est affranchi pour les vers féminins, et s'est presque toujours contenté, pour les autres, de simples assonances ; mais, avant de lire cette ronde champêtre, il faut que l'imagination la place dans son cadre. Figurez-vous donc, autour de la table rustique, une troupe de jeunes filles brunies par le soleil, de jeunes garçons encore animés par le travail de la journée, de vieillards souriant sous leurs rides, et d'enfants que l'association à l'allégresse commune semble grandir ; jetez sur tout cela la poésie de la gaieté, du soleil qui se couche, des bouquets s'épanouissant aux chapeaux ou aux corsages, et vous comprendrez peut-être le charme pénétrant de ces chansons populaires, dans lesquelles, selon l'expression de Mickiewicz, *les nations déposent l'espoir de leurs pensées et la fleur de leurs sentiments.*

Voilà la Saint-Jean passée ;
Le mois d'août est approchant
Où tous garçons des villages
S'en vont la gerbe battant.
Ho ! *batteux!* battons la gerbe,
Compagnons, joyeusement !

Par un matin je me lève
Avec le soleil levant,
Et j'entre dedans une aire :
Tous les *batteux* sont dedans ;
Ho ! *batteux!* battons la gerbe,
Compagnons, joyeusement.

V'là des bouquets qu'on apporte,
Chacun va se fleurissant.
A mon chapeau je n'attache
Que la simple fleur des champs.
Ho ! *batteux!* battons la gerbe,
Compagnons, joyeusement.

Mais je vois la giroflée
Qui fleurit et rouge et blanc ;
J'en veux choisir une branche,
Pour ma mie c'est un présent.
Ho ! *batteux!* battons la gerbe,
Compagnons, joyeusement.

Dans la peine, dans l'ouvrage,
Dans les divertissements,
Je n'oubli' jamais ma mie ;
C'est ma pensée en tous temps.
Ho ! *batteux!* battons la gerbe,
Compagnons, joyeusement.

Ma mie reçoit de mes lettres
Par l'alouette des champs,
Et moi je reçois des siennes
Par le rossignol chantant.
Ho ! *batteux !* battons la gerbe,
Compagnons, joyeusement.

Sans savoir lir' ni écrire,
Nous lisons c'qui est dedans.
Il y a dedans ces lettres :
« Aime-moi, je t'aime tant ! »
Ho ! *batteux !* battons la gerbe,
Compagnons, joyeusement.

Viendra le jour de la noce,
Travaillons en attendant ;
Devers la Toussaint prochaine
J'aurai tout contentement.
Ho ! *batteux !* battons la gerbe,
Compagnons, joyeusement.

Mon premier soin, en arrivant aux *Boutières,* avait été de me faire conduire au vieux *Va-de-bon-Cœur*, trop âgé pour prendre part aux travaux de la moisson. Je le trouvai à l'entrée de la grange, lassis sur la paille et regardant l'aire avec cette expression de joie intérieure particulière aux vieillards. Son costume fut d'abord ce qui me frappa. Depuis qu'il était devenu étranger à la direction de la métairie, le vieux chouan avait repris l'ancien costume manceau, comme si, condamné à l'inaction par l'âge, il eût voulu trouver au moins dans ces vêtements les souvenirs de son activité et de sa jeunesse. Ses cheveux, blancs mais encore touffus, étaient recouverts d'un bonnet brun, par-dessus lequel il avait enfoncé un chapeau à larges bords; ses culottes courtes, ouvertes au genou, laissaient le jarret libre et nu, tandis que ses guêtres de cuir se rattachaient au haut de la jambe par des jarretières de laines tressées. Son visage, tanné par le soleil et le vent, était sillonné de plis profonds qui lui donnaient quelque chose de rigide; mais l'œil, à demi caché sous des sourcils grisonnants, avait conservé une mobilité et une finesse singulières.

Il reçut le meunier avec la déférence que les paysans manceaux ne refusent jamais au riche, mais en y mêlant l'espèce de froideur défiante que leur inspire tout ce qui n'est pas laboureur. Mon compagnon ne parut point y prendre garde et lui frappa sur les genoux avec cette camaraderie banale qui vous fait traiter de bon enfant dans la jeunesse et de brave homme quand vous avez vieilli, car le mérite peut ne pas nuire à la bonne réputation; mais c'est l'entre-gens qui l'établit.

Le propriétaire du *Moulin-Neuf* s'était assis sur une javelle, à côté du vieux chouan, et jouait avec le chien couché aux pieds du vieillard.

—Eh bien ! père *Va-de-bon-Cœur*, dit-il en élevant la voix, selon son habitude, pour se donner l'air franc, voilà encore une moisson de mise à l'ombre. Combien en avez-vous vu depuis qu'on a sonné les cloches pour votre baptême?

— Quelque chose comme soixante-douze, Monsieur, répondit le vieillard avec un léger sentiment d'orgueil.

— Et toujours sans infirmités, ni maladies?

— Dieu m'a fait la grâce d'assister soixante et onze fois *sur mes pieds à la fête de la gerbe*, reprit *Va-de-bon-Cœur*, sans compter une fois sur les bras de celle qui me nourrissait. J'espère bien qu'il me laissera la gloire de n'y avoir jamais manqué pendant les années que j'aurai passées sur terre.

—Vous avez assez de chance pour ça, vieux père, reprit le meunier; il y a des gens, comme on dit, qui sèment de l'orge pour récolter du froment, et vous êtes de ceux-là.

J'ajoutai que c'était, en effet, merveille d'avoir pu traverser sain et sauf toutes les épreuves auxquelles le métayer des *Boutières* avait été exposé. J'espérais ménager ainsi une transition qui nous conduirait naturellement aux récits que je venais chercher; mais le vieux paysan laissa tomber l'allusion comme une flèche qui n'avait point porté et se rejeta sur ce que *Dieu était tout-puissant*, espèce de lieu commun fataliste avec lequel les paysans du Maine ferment toujours le chemin que vous ouvrez à la conversation, quand ils sont résolus à ne pas vous y suivre.

Je fis plusieurs autres tentatives qui, pour être plus directes, ne furent pas plus heureuses. Mon compagnon, qui m'avait laissé manœuvrer à vide, me regarda en clignant l'œil d'un air narquois.

—Eh bien! je vous avais averti qu'il y aurait du *tirage*, me dit-il lorsqu'on vint nous inviter à entrer dans la métairie; mais il ne faut pas vous décourager. Le grain demande plus d'un jour pour mûrir. Quand le cognac que nous apportons aura donné un coup de soleil au vieux, vous verrez sa mémoire s'ouvrir comme un épi au mois d'août.

Malgré l'assurance du meunier, je doute que ses prévisions se fussent réalisées sans une circonstance qui rompit la glace entre le vieux chouan et moi. J'avais appris, dans la conversation, que le métayer des *Boutières* avait un procès de voisinage. C'était, certes, le moins que l'on pût demander à un paysan manceau, et ce procès unique témoignait de son bon caractère. Le propriétaire du *Moulin-Neuf* m'avait avoué, le matin, qu'il en poursuivait sept, sans compter les œufs de procès qui attendaient le moment d'éclore. Cependant *Va-de-bon-Cœur* paraissait préoccupé de cette affaire, et, ayant appris mon titre d'avocat, il voulut à toute force faire apporter les papiers par son petit-fils. J'ai aujourd'hui complétement oublié l'objet du débat qui allait s'engager devant le juge de paix du canton, je me rappelle seulement qu'en parcourant le contrat, j'y trouvai une clause qui ne pouvait laisser aucun doute sur le bon droit du chouan. Celui-ci fut lui-même frappé de l'évidence de la preuve, et, comme elle assurait le gain de son procès, il déclara avec chaleur que j'en pourrais remontrer à tous les procureurs du pays, et j'entrai immédiatement dans la confiance la plus familière du vieillard. Il me laissa remplir son verre, cessa d'opposer à mes insinuations la *toute-puissance de Dieu*, et consentit à parler de la *grande guerre*.

Au début pourtant, il se contenta de répondre à mes questions, et de raconter brièvement les principaux épisodes de l'insurrection; mais, à mesure qu'il buvait, sa parole devenait plus abondante. Échauffé à la fois par *l'eau de feu* et par le récit lui-même, il semblait reprendre possession d'une part d'existence longtemps oubliée; il y entrait comme dans une demeure d'où l'on a été absent trente années et où l'on retrouve, avec un étonnement enchanté, toutes les traces de sa jeunesse.

Je vis insensiblement ses souvenirs se démêler et s'éclaircir, les personnalités, qui avaient d'abord traversé le récit pareilles à de pâles ombres prendre un corps, une attitude, un accent. La voix du vieux chouan semblait évoquer l'un après l'autre tous ses compagnons de guerre couchés de, puis longtemps sous la mousse des bois ou sous l'herbe des cimetières. Je les voyais entrer, le manteau de peau de chèvre sur l'épaule, le fusil à la main et s'asseoir silencieusement près de nous. C'étaient Coquereau, l'homme de colère et de sang, avec l'ancien gabeleur Moulins, le seul lâche qui ait déshonoré ces guerres; la Raiterie, héroïque enfant qui mourut pour des opinions à l'âge où d'habitude on ignore qu'elles existent; Francœur, ce fou guerrier qui se précipitait au combat comme on va à une fête, orné de bouquets et de rubans; Jambe-d'Argent, le Cid de la chouannerie; enfin M. Jacques, merveilleuse apparition qui traversa la lutte sans laisser le secret de son histoire ni de son nom. *Va-de-bon-Cœur* parlait pour eux tous; il imitait leur voix, il prenait leurs passions, il racontait leurs pensées.

Cette saisissante *exhibition* dura toute la soirée et une partie de la nuit. J'écoutais et je tâchais de noter dans ma mémoire chaque trait caractéristique. Enfin la lassitude arrêta le conteur, et je pus écrire ce que j'avais retenu. Le récit qu'on va lire est le résultat de ces documents, éclaircis et complétés, dans quelques parties, par les recherches déjà publiées sur cette curieuse époque. Toutes les fois que nous l'avons pu, nous avons conservé les expressions du vieux rebelle comme un rayon de soleil du pays et une modulation de son langage.

III

La famille Cottereau; jeunesse de Jean Chouan. — Insurrection dans le Maine; le bois Misdon. — Miélette et Godeau. — Les chouans vont rejoindre l'armée vendéenne. — Jean Chouan chez le juge Moulins. — Désastre et retraite; retour à Misdon; la pauvre fille.

Jean Cottereau avait bien trois frères, ainsi que le meunier me l'avait dit. Pierre, l'aîné, fut le seul qui se fit sabotier comme son père. C'était un cœur simple, timide et plutôt né, selon le jugement de *Va-de-bon-Cœur*, pour *traire les vaches que pour les défendre contre les loups*. Exposé d'ailleurs aux railleries, à cause de son bégaiement, il s'était habitué à vivre à l'écart et dans le silence. Il en fut tout autrement de François et de René, qui s'adonnèrent à la contrebande du *faux sel*, comme Jean. Le premier avait de grands rapports de caractère avec le *gas mentoux*. C'était la même audace et la même loyauté ; mais il y joignait une nuance rare chez le paysan manceau, l'inclination romanesque. Quant à René, il résumait en lui, avec une effrayante énergie, toutes les violentes inclinations de sa race. Indomptable et sans pitié, il unissait à ce courage brutal qui se renouvelle dans le sang la rapacité plaignarde que la rudesse de sa condition apprend au paysan. Tour à tour comique comme Harpagon, ou terrible comme Trestaillons, ses mots eussent fait sourire, si ses actes n'avaient fait frissonner.

Deux filles, Perrine et Renée, complétaient la famille Cottereau. Elles laissèrent leurs frères s'engager successivement dans la guerre civile, sans y prendre aucune part active, et elles ne quittèrent point la closerie des *Poiriers*. L'usage et la bonne réputation leur en faisaient un devoir, car, sévèrement reléguée dans les fonctions domestiques, la femme du Maine doit y persister encore pendant la tourmente. Aussi, tandis que partout ailleurs, en Normandie, en Bretagne, en Vendée, dans le Midi, les femmes combattirent avec les in-

surgés, dans le Maine, toutes restèrent désarmées
et gardèrent la maison. En cela, les compatriotes
de Jean Chouan ne maintenaient pas seulement
les priviléges de leur sexe, ils obéissaient encore
à leur ordinaire prudence. Le proverbe :

> Maison délaissée,
> La première pillée,

est précisément né entre Laval et Mortagne, et, si
le Manceau voulait bien donner sa vie au roi, il
tenait à garder au moins son *avoir*.

On n'a pas oublié comment Jean Chouan avait
été sauvé par le voyage de sa mère à Versailles :
bien qu'il eût vu la cravate de chanvre à hauteur de
son cou, l'incorrigible faux-saulnier recommença
bientôt son commerce, et se trouva mêlé à une
lutte dans laquelle un gabeleur fut encore tué.
Ses antécédents le désignaient, en quelque sorte,
comme le meurtrier ; il fallut que la famille de
Talmont s'entremît pour le sauver, et elle ne put
étouffer l'affaire qu'en éloignant Jean du pays. Elle
le fit partir pour Lille, où il entra dans le régiment de Turenne.

Une année se passa assez bien; mais, au retour de la belle saison, Jean commença à *s'ennuyer après son pays*. On sentait l'odeur des foins coupés, les taillis avaient toutes leurs feuilles; c'était le beau temps pour la contrebande du faux sel. Le *gas mentoux* regardait dans le bleu du ciel du côté du Maine. Enfin, un jour, à la revue, le colonel lui ayant dit qu'il voulait lui parler d'une lettre reçue à son sujet, Jean trouva à propos de croire qu'il avait été dénoncé et qu'on allait l'arrêter. En conséquence, il sauta du haut des remparts dans les fossés de la ville et prit la route de sa paroisse, ajoutant ainsi, par *prudence*, à la prévention de meurtre, le crime de désertion.

Cette fois ses protecteurs effrayés ne trouvèrent pour lui d'asile sûr que dans la captivité et obtinrent une lettre de cachet *en sa faveur*. Deux ans de captivité transformèrent le *gas mentoux*. Les étroites nécessités de la prison avaient assoupli son humeur; les habitudes vagabondes étaient perdues; sa piété, jusqu'alors incertaine, s'était fortifiée dans la solitude; le jeune garçon était devenu un homme. Lorsqu'il revint au pays, Mme

Olivier lui confia la régie de ses biens, et la ré-
gularité de cette nouvelle position consolida la
conversion commencée.

Ce fut alors que la Révolution éclata.

Par ses croyances et par ses relations, Jean
Chouan en était d'avance l'ennemi : il l'était encore plus par ses souvenirs personnels. Le roi dont
on démolissait le trône n'était point pour lui un
de ces maîtres inconnus que l'on vénère par tradition ; sa mère avait été reçue dans son palais, elle
connaissait son visage, le son de sa voix, elle l'avait
vu signer devant elle la grâce de son fils, et, comme elle le répétait souvent avec une naïveté dont
elle ne soupçonnait pas l'orgueil, *il y avait désormais quelque chose entre les Bourbons et les Cottereau.*

Jean le comprit ainsi, et s'associa ouvertement,
dès le début, à toutes les espérances des royalistes; mais les événements ne laissèrent pas longtemps place aux illusions. Au milieu des entraves
et des piéges tendus par les partis, la Révolution
accélérait toujours sa course comme la cavale de
Mazeppa, indifférente au sang qu'elle laissait con-

tre chaque obstacle, pourvu qu'elle le renversât.
Des arrêts de mort frappèrent les émigrés; les prêtres qui avaient refusé le serment à la nouvelle
constitution furent déportés, et le roi devint le prisonnier de la nation. On se trouvait au 15 août
1792. Un ordre du directoire du district avait con-
voqué à Saint-Ouën-des-Toits tous les jeunes gens
des paroisses voisines pour l'organisation des gardes nationales et les enrôlements volontaires. La
plupart étaient venus, mais la vue des gendarmes, des commissaires et surtout des registres les
avait mal disposés, car l'habitude des procès a inspiré, de tout temps, au paysan manceau une
sainte défiance de la plume et de l'écritoire. Quand
il fallut donner les noms, on ne répondit que par
des huées. Les gendarmes voulurent arrêter ceux
qui criaient le plus haut : des moqueries on passa
aux injures et des injures aux menaces. On allait
en venir aux coups lorsque Jean Chouan, qui avait
tout observé et tout conduit, s'élança en criant :

— Pas de garde nationale ! pas de volontaires !
Ce cri fut répété par toutes les voix.

— Si c'est le roi qui nous commande, reprit le

gas mentoux, tout le monde partira pour le roi.

— Oui, tout le monde ! reprirent les paysans, nécessairement disposés à obéir aux ordres de celui qui ne leur en donnait pas.

— Mais personne ne partira pour la nation, ajouta Cottereau.

—Personne ! personne ! s'écria la foule en chœur.

Et, comme les autorités voulaient dresser procès-verbal de la rébellion, les assistants, qui craignaient *les traîtrises du papier,* déchirèrent les registres, renversèrent les écritoires et brisèrent les tables, dont les pieds leur servirent pour chasser les commissaires et les gendarmes. Jusque-là rien de bien grave. La révolte contre les agents de la sûreté publique est de droit général chez les nations de l'Europe civilisée et ne tire pas à conséquence. En 1792 surtout,

Des gendarmes rossés n'étaient pas un grand crime ;

et les choses eussent pu en rester là, si le hasard n'eût mis en présence les partis eux-mêmes.

Les idées révolutionnaires, si mal venues dans

les communes rurales du Maine, avaient reçu, au
contraire, le meilleur accueil dans les villes et les
bourgs. Là le prêtre avait moins d'influence, le
noble était un rival, et la maxime de La Fontaine :
Votre ennemi, c'est votre maître, avait été prise
au sérieux. Les habitants de la Baconnière, d'An-
douillé, de la Brulatte, présents à la rébellion,
l'avaient désapprouvée et voulurent sauver au
moins le drapeau tricolore venu de Laval avec les
commissaires. Le juge de paix Graffin s'en empara;
mais Jean Chouan vint le lui arracher : il y eut
une mêlée, des coups furent échangés, et les royalistes victorieux regagnèrent leur village avec le
drapeau.

Cottereau profita de l'enthousiasme causé par ce
premier succès pour décider l'insurrection. Affilié
depuis longtemps avec son frère François à tous
les complots royalistes, il annonça aux jeunes
gens l'arrivée prochaine d'un prince du sang royal
qui devait se mettre à leur tête et qui récompen-
serait chacun selon ses services. Une paie journa-
lière était, dès ce moment, assurée aux gars qui
s'enrôleraient contre les bleus. Pour des paysans

manceaux, l'argument était sans réplique ; aussi fut-il compris du plus grand nombre, et une première troupe d'insurgés se forma sous le commandement de Jean. Seulement, comme avant d'entreprendre cette nouvelle *affaire* il fallait mettre ordre à celles que l'on avait au logis, chacun s'en retourna chez soi avec promesse de revenir au premier signal.

Un peu plus tard, un colporteur de village, en apprenant les troubles de Saint-Florent, laissait là le pain qu'il était occupé à pétrir, faisait sonner les cloches et levait une armée sans autre promesse que *la liberté des paroisses !* c'était Cathelineau qui commençait la grande guerre de la Vendée. Là une idée avait suffi pour allumer la révolte, aussi prit-elle un développement immense. Dans le Maine, au contraire, où elle fut surtout excitée et entretenue par des intérêts, elle demeura toujours incomplète. C'est que l'idée appartient en commun à tous les hommes et les associe dans un même élan, tandis que l'intérêt varie et les divise.

Cependant les gardes nationales, qui avaient perdu leur drapeau à l'assemblée de Saint-Ouën-

des-Toits, se vengeaient par des excursions mili-
taires dans les paroisses soupçonnées de royalisme.
Jean Chouan résolut d'essayer contre eux le courage de ses hommes. Il leur donna rendez-vous à
Launey-Villiers, et attaqua, à l'entrée du Bourgneuf, les patriotes qui furent repoussés après avoir
laissé une vingtaine de morts. Désormais le mal
était irrémédiable, le sang avait coulé, la guerre
civile commençait.

Jean Chouan et ses compagnons, condamnés à
mort par contumace sur la dénonciation de Graffin,
se réfugièrent dans le bois de Misdon, entre la forge
de Port-Brillet et le bourg d'Olivet. Ils étaient environ quarante, parmi lesquels se trouvait Trion,
dit *Miélette,* qui joue dans la guerre des chouans
le rôle de Maugis dans le roman des *Quatre fils
Aymon.* Cottereau et lui s'étaient longtemps dis-
puté la royauté de la *faux-saulnerie.* Si l'on n'eût
point connu Jean, *Miélette* eût été déclaré le plus
fort joueur de *ferte* du bas Maine ; si l'on n'eût
point connu *Miélette,* Jean eût passé pour le plus
vigoureux contrebandier de toutes les marches.
Le nom de celui-ci était pourtant prononcé le pre-

mier ; on disait Jean et *Miélette,* comme on dit
Castor et Pollux. Malgré l'égalité de leur gloire
villageoise, Jean exerçait plus d'autorité, on le re-
connaissait supérieur pour le commandement ;
mais, en revanche, *Miélette* l'emportait pour l'à-
propos, la drôlerie et les bonnes histoires. Rien
que de le voir mettait de belle humeur ; *il boutait
en train* toute la bande. Un seul chouan restait
insensible à sa gaieté communicative : c'était Godeau, homme à grandes manières et beau par-
leur, qui, s'étant trouvé impropre à tous les mé-
tiers, en avait conclu que tous étaient au-dessous
de son mérite. Il avait été trois mois garde-chasse
dans une maison noble et se croyait depuis un peu
gentilhomme. Il prétendait aussi savoir le latin,
parce que le curé chez lequel il avait servi comme
palefrenier lui avait appris le sens des mots *Dominus vobiscum,* et il se plaignait continuellement de
ce que *la dureté des temps le privât des plaisirs de
la lecture.*

Quant à François, il s'accommodait d'autant
mieux de sa retraite, que le bois de Misdon était peu
éloigné du hameau de Lorière, où demeurait la *pau-*

vre fille. On avait donné ce nom à une orpheline trouvée dans un berceau suspendu aux cordes des cloches d'Olivet, et qu'un métayer de Lorière avait élevée par charité. Suson était petite, frêle, point jolie, et sans autre charme que sa faiblesse. Bien qu'elle eût vingt ans accomplis, on l'eût prise pour une enfant sans la fermeté et l'étendue de sa voix, qui l'avait fait connaître dans toutes les paroisses voisines. La *pauvre fille* passait pour la plus belle chanteuse du Bas-Maine. Occupée à garder les vaches et les chevaux du métayer près de l'étang, sans autre société que son *muguet* (1), elle s'était fait une compagnie de ses chansons. A quelque heure que l'on traversât le taillis, on était sûr d'entendre sa voix jetant au loin ses notes plaintives. François avait été attiré une première fois par ce chant, comme tout le monde; mais il était revenu,

(1) Nom donné aux chiens qui gardent les grands bestiaux. Ce nom est fort ancien, car on le trouve dans un vieux noël poitevin.

> Or, nous avions un gros paquet
> De vivres pour faire banquet;
> Mais le muguet de Jean Huguet
> Et une grande lévrière
> Mirent le pot à découvert, etc.

il avait parlé à Suson, et insensiblement la *pauvre fille* et lui s'étaient attachés l'un à l'autre. Depuis qu'il habitait le bois de Misdon, il venait tous les jours la voir près de l'étang, et ses compagnons le suivaient quelquefois pour entendre chanter les rondes et les noëls de leurs paroisses. Les forgerons de Port-Brillet profitèrent d'une de ces absences ; ils entrèrent dans le taillis, détruisirent la cabane des chouans et emportèrent tout ce qu'elle renfermait, y compris le chaudron destiné à cuire leur nourriture. A leur retour, les royalistes se trouvèrent sans abri et sans *ménage.* Par bonheur, les ravisseurs avaient laissé des traces de leur passage ; Jean et ses compagnons purent les suivre à la piste jusqu'à la *Papillonnière,* sur la lande d'Olivet, où ils les attaquèrent en gens qui combattent *pro aris et focis,* comme eût pu dire le latiniste Godeau. Après une lutte acharnée, ils réussirent à reprendre tout ce qui leur avait été enlevé, et *Miélette* revint à Misdon, portant le chaudron au bout de sa *ferte* aussi triomphalement que Jason eût porté la toison d'or.

Ce premier engagement fut le signal des hostilités. Les rencontres se multiplièrent avec des chances diverses. Les haines s'envenimaient; on commença à fusiller les prisonniers et à égorger les suspects à domicile. Bientôt les patriotes ne purent sortir des villes qu'en compagnie des détachements républicains, encore ceux-ci étaient-ils souvent surpris et dispersés. Jean n'avait pour cela qu'une méthode, toujours la même, mais infaillible. Il partageait sa troupe en trois bandes qu'il échelonnait dans les fourrés, des deux côtés du chemin; on laissait les bleus arriver jusqu'à la seconde bande, qui engageait le feu au moment même où la première et la troisième se montraient à l'avant et à l'arrière de la colonne, qui se trouvait ainsi entourée.

Mais, pendant que l'activité des Cottereau tenait les patriotes en alerte, l'insurrection commencée par Cathelineau avait pris des proportions colossales. Les Manceaux et les Bretons n'en étaient encore qu'au *romancero;* la guerre des Vendéens avait grandi jusqu'à l'épopée. Chez eux, nous l'avons dit, la révolte eut, dès le début, un caractère populaire. Les nobles ne l'avaient point excitée, mais seulement dirigée après coup ; quelques-uns l'avaient subie. Aussi le mouvement fut-il irrésistible. Bressuire, Thouars, Parthenay, Saumur, Angers, avaient été tour à tour enlevés à la République, Nantes allait être pris, lorsque Cathelineau fut blessé à mort dans la ville même. La balle qui le frappa sauva la cause nationale dans l'ouest. Promoteur de l'élan des campagnes, Cathelineau incarnait la révolte ; lui mort, elle perdit la foi qu'elle avait en elle-même et sembla prise de vertige. Jusqu'alors les Vendéens avaient combattu les pieds sur la terre natale, où, comme Antée, ils trouvaient de perpétuels renouvellements de force et de courage ; ils abandonnèrent, tout à coup, le pays qu'ils connaissaient pour passer la Loire. Les chefs oublièrent qu'ils commandaient un peuple, et agirent comme s'ils eussent commandé une armée.

Jean Chouan avait été averti de cette arrivée prochaine des royalistes, mais sans savoir la route qu'ils devaient suivre. Il était campé avec ses hommes dans la forêt du Pertre, où il avait donné rendez-vous à MM. de Puisaye et Duboisguy, lorsque l'un d'eux, qui *chapeletait* (1) pour passer le temps, dit tout à coup :

— Dieu nous sauve! il me semble entendre le tonnerre.

— Un tonnerre en octobre, objecta *Miélette,* faut donc que ce soit un traînard resté en arrière depuis le mois d'août.

— Je sais ce que c'est, reprit doctoralement Godeau : c'est un bruit physique sortant des ra-vines.

— Non pas, s'écria Jean, qui avait mis l'oreille contre terre, celui-ci sort des canons; c'est la Ven-dée qui vient nous faire visite. En avant sur Laval, mes *gas!* le prince de Talmont nous attend.

M. de Talmont s'était effectivement mis en rap-port avec Jean Chouan, qui lui était attaché par le souvenir de services rendus et par un de ces dé-vouements passionnés qui sont, comme l'amour,

(1) *Chapeleter,* dire le chapelet. La dévotion du chapelet est très en usage dans le Maine; les chouans passaient une partie des heures d'attente à le réciter et s'en étaient fait une manière de mesurer le temps. On disait : Il s'est passé tant de chapelets depuis tel moment.

des choix mystérieux du cœur. Ce que désirait le prince devenait pour Jean une nécessité ; ce qu'il demandait, une loi.

Les chouans s'étaient mis en marche au milieu de la nuit, recrutant sur leur route tous ceux que le canon de l'armée catholique avait réveillés. Jean entra à Laval à la tête de quatre cents hommes. En traversant une rue, quelques-uns de ses compagnons s'arrêtèrent devant la maison de M. Moulins, président du tribunal qui les avait condamnés à mort ainsi que Jean Chouan, et crièrent qu'il fallait faire venir le juge. Madame Moulins se présenta en tremblant, et répondit que son mari n'y était pas.

— Ne craignez rien, Madame, répondit Jean, ce sont *ses criminels* qui venaient pour lui offrir leur salut.

Madame Moulins l'engagea alors à descendre de cheval pour prendre quelques rafraîchissements. Il répondit qu'il n'avait point le temps de s'arrêter et releva la bride de sa monture pour passer outre ; mais, entendant quelques-uns des chouans murmurer derrière lui des menaces contre le juge et sa famille, il se retourna d'un air riant vers la pauvre femme à demi morte d'effroi, et pour prouver qu'il ne refusait ni par rancune ni par mépris, il cueillit une grappe de raisin à la treille dont la porte était ombragée, et partit en *remerciant son hôtesse de sa bonne réception*. Cet acte de générosité antique, qui plaçait la maison du président sous la sauvegarde du chef qu'il avait condamné, fut compris des chouans ; tous suivirent le *gas mentoux* sans rien dire.

L'arrivée des royalistes manceaux excita de grands transports dans l'armée. La réputation de Jean Chouan avait passé la Loire. Les Vendéens admirèrent sa belle prestance, sa physionomie ouverte et son autorité sur les gens *qui lui obéissaient d'amitié*. Ses habits en lambeaux protestaient contre les accusations de pillage dont on avait voulu le flétrir ; il manquait même de la peau de chèvre que possède le plus pauvre paysan manceau. Le prince de Talmont lui fit présent de son manteau.

Une grande surprise attendait Jean à Laval. Son frère François, atteint à l'aisselle gauche d'une

blessure sans remède, avait été forcé de se réfugier, depuis deux mois, à la closerie des *Poiriers;*
mais, en apprenant la marche des Vendéens, il
avait pensé qu'il lui restait un bras : il s'était levé,
et il arrivait avec sa mère et Suson, qui n'avaient
point voulu le quitter. On vit ce mourant, soutenu
par deux femmes, dont l'une était déjà courbée par
l'âge et dont l'autre paraissait une enfant, prendre
sa place dans les rangs et défiler devant les chefs
de l'armée catholique. Jean pleurait de fierté et de
chagrin.

Le Maine avait fourni environ cinq mille combattants qui formèrent un corps à part, connu sous
le nom de *petite Vendée*. Dès le surlendemain, ce
corps était, avec le reste de l'armée, sur la lande
de *Croix-Bataille,* où le général L'Échelle s'était
avancé à la tête de vingt-cinq mille hommes. La
lutte fut terrible, mais resta incertaine jusqu'au
soir. Jean Chouan s'adressa alors à M. Dehargues,
et lui déclara qu'il connaissait un chemin par lequel on pouvait tourner l'ennemi. C'était, comme
on l'a déjà vu, sa méthode. M. Dehargues consentit à le suivre. Il s'avança avec ses Manceaux, en

rampant le long des broussailles, jusqu'à l'arrière des républicains, et les attaqua si rudement, que tous se débandèrent et prirent la fuite vers Château-Gonthier.

De Laval, on marcha sur Granville, où l'on échoua. Il fallut revenir à Pontorson. La destruction de l'armée royaliste, traquée de toutes parts, était inévitable ; chaque heure de repos conquise aux femmes et aux blessés demandait une victoire ; la bataille avait des intermittences, mais ne cessait plus. A Dol, on crut tout perdu ; l'armée entière prit la fuite. Les femmes poussaient des clameurs de désespoir en reprochant aux hommes leur lâcheté, et les hommes frappaient les femmes en les accusant de leur avoir communiqué leurs terreurs. La cavalerie, qui était l'élite de l'armée, criait : — *A la mort, les braves!* et se laissait emporter avec le reste. Stofflet était à la tête des fuyards! On eût dit une de ces irrésistibles et contagieuses épouvantes que les anciens attribuaient à l'influence d'un dieu. Au milieu de la déroute générale, Jean Chouan et ses hommes furent les seuls qui tinrent ferme. Ils étaient accourus vers le prince de Talmont, et, protégés par le brouillard qui cachait leur petit nombre, ils repoussèrent les *bleus*. Tout le monde déclara qu'on leur devait le salut de l'armée.

Le prince de Talmont voulut reconnaître le service rendu par Jean ; il signa le soir même un acte par lequel il l'autorisait, *lui et ses descendants, à prendre dans ses forêts tout le bois dont ils pourraient avoir besoin :* curieux détail qui prouve la persistance des habitudes au milieu des plus éclatantes ruines. M. de Talmont, dont tous les biens étaient confisqués et *qui manquait de linge*, n'avait pu oublier qu'il était prince, il disposait de ses forêts ; Jean Chouan, le héros du jour, qui venait de sauver une armée, restait le fils du pauvre sabotier, et s'estimait heureux de pouvoir acheter une rente de fagots avec sa gloire.

Du reste, chaque avantage remporté par les Vendéens ne pouvait être désormais qu'une courte halte dans l'agonie. A La Flèche, ils avaient failli être tous rejetés dans le Loir par l'armée républicaine ; ils atteignirent enfin le Mans, dernière étape de cette marche funèbre. C'était là que tout devait finir.

L'armée en avait le pressentiment et le souhaitait. Les survivants avaient vu périr tous ceux qu'ils aimaient ; ils traînaient après eux le poids de ces morts ; personne n'avait plus de goût à la vie ; la fatigue faisait désirer seulement d'être égorgé au repos. Les femmes, les malades, les blessés s'étaient couchés sur les places ou dans les rues et les encombraient. Quelques officiers vendéens, soutenus par l'honneur, combattaient pourtant encore à l'entrée de la ville. Jean Chouan était avec eux. Il profita d'un moment de répit pour rentrer au Mans et chercher sa mère. Il la trouva sous les halles, assise à terre près de Suson. François était étendu à leurs pieds : la veuve tenait les mains de son fils dans les siennes et murmurait une prière, tandis que la *pauvre fille*, qui soutenait la tête du mourant, s'efforçait d'endormir ses souffrances en chantant à demi-voix un air du pays. Le chant, les plaintes et les prières confondus formaient quelque chose de si lugubre, que *Va-de-bon-Cœur*, qui accompagnait son capitaine, s'arrêta à l'entrée des halles. Jean évita es attendrissements ; la reprise de la canonnade l'avertissait que l'on avait besoin de lui ailleurs. Il amenait deux chevaux, sur l'un desquels il plaça son frère et Suson ; l'autre était destiné à sa mère.

— Partez et ne regardez pas derrière vous, dit-il précipitamment ; s'il plaît à Dieu, nous nous reverrons aux *Poiriers*.

Et, sans attendre la réponse, il reprit son fusil et retourna à la bataille.

L'ennemi avait forcé tous les passages ; il occupait déjà la ville. Jean et quelques autres, secondés par la nuit, s'acharnèrent à défendre les rues de maison en maison. Le prince de Talmont arriva enfin pour leur dire de songer à leur salut, et, comme Jean ne voulait point le quitter, il lui répéta qu'il devait réserver le courage de ses hommes pour de meilleurs jours, et lui ordonna de partir. Le *gas mentoux* eut l'air d'obéir ; mais, après avoir assuré la retraite de sa troupe, il revint sur ses pas afin de savoir si le prince était sauvé. Tranquillisé à cet égard, il rejoignit ses gens le lendemain, et se réfugia avec eux dans le bois de Misdon.

Beaucoup avaient été blessés, tous étaient à demi-morts de fatigue. Depuis leur départ, ils n'avaient couché qu'autour des feux des avant-postes, ils ne s'étaient endormis qu'au bruit de la fusillade et du canon. En retrouvant le calme de leurs taillis et leur cabane encore debout, tous sentirent tomber l'exaltation nerveuse qui les avait jusqu'alors soutenus. Ils s'étendirent pêle-mêle sur la litière de mousse qui leur servait de couche, et y dormirent vingt-quatre heures sans se réveiller.

Le premier chouan qui rouvrit les yeux s'aperçut que la nuit était venue. Tant d'événements se succédaient depuis un mois, qu'il eut peine d'abord à rassembler ses idées. Il appela son voisin, les autres l'entendirent, et bientôt toute la troupe fut réveillée. Il y eut un moment de joie générale quand chacun retrouva ses souvenirs et eut conscience d'avoir échappé à la grande déroute. Ils s'appelaient tout haut dans l'obscurité pour se reconnaître à la voix, car, lorsqu'ils étaient arrivés, le trouble et la fatigue ne leur avaient point permis de prendre garde l'un à l'autre. Après s'être comptés, ils se retrouvèrent environ cinquante. *Miélette*, toujours le premier à reprendre courage, déclara que le crible des *patauds* devait être percé, puisqu'il avait laissé passer tant de bon grain.

— Pour ta part, tu peux dire un chapelet de remercîment, fit observer Jean, car aucun de nous n'a vu le feu d'aussi près que toi.

— Aucun, *gas mentoux*, répéta *Miélette ;* dis-moi donc un peu alors le nom de celui qui, à la dernière charge, est allé s'enfoncer comme un coin dans l'escadron des hussards?

— Parbleu! je dois le savoir, dit Jean, car j'y serais resté, si je n'avais pas appelé à moi les *mainiaux*.

— Alors c'est pour ton compte qu'il faut dire un chapelet, et, s'il te manque pour cela quelque grain de *pater*, j'en ai un de plomb à ton service.

— Où cela?

— Dans la cuisse droite.

— Tu es blessé?

— D'un coup de pistolet que tes hussards m'ont

envoyé par mauvaise humeur; mais je connais quelqu'un qui me retirera la balle aussi aisément qu'une dent de lait.

— Qui cela?

— Rouan le maréchal.

— Il est mort, dit un des chouans.

— Alors j'irai trouver son frère.

— Mort aussi!

— Eh bien! son garçon.

— Mort encore! Ils sont tous morts au Genet et au Bourgneuf; nos paroisses n'auront plus que des veuves.

Une foule de noms répétés par ceux qui étaient présents vinrent justifier cette lugubre affirmation. Chacun avait assisté aux derniers moments de quelque voisin ou reconnu son cadavre parmi les morts. Ces récits ramenèrent les tristes pensées. A la joie du salut succéda l'amertume du désastre et la crainte des conséquences qui devaient s'ensuivre. Maintenant, maîtres du pays, les bleus ne laisseraient aux chouans aucune trève; leur retraite ne pouvait manquer d'être découverte, attaquée; peut-être la cherchait-on déjà. Ces réflexions, faites successivement par chacun, avaient interrompu les conversations. Bien que la bande entière fût éveillée, elle était retombée dans l'immobilité et le silence. Tout à coup la brise de nuit apporte jusqu'à la cabane un chant éloigné. Les têtes se dressent, on prête l'oreille : les chouans ont reconnu la voix de la *pauvre fille*. Jean, *Miélette, Va-de-bon-Cœur* et quelques autres sortent précipitamment ; mais la nuit est obscure, et, bien que dépouillé de ses feuilles, le taillis ne permet de rien distinguer. Ils sont obligés de se laisser diriger par la voix : c'est bien celle de Suson, mais plus monotone, plus triste. Cependant elle approche toujours, elle semble venir à eux ; ils hâtent le pas, atteignent le bord de l'étang, regardent et s'arrêtent, immobiles de saisissement. A quelques pas, le long des roseaux, passe la *pauvre fille*, les cheveux dénoués, les pieds nus, et sans autre vêtement que son jupon. Elle tient par la bride un cheval blanc, taché de sang, sur lequel tous reconnaissent François, droit, immobile et la dragonne d'un sabre passée au poignet. A cette vue, Jean pousse un cri ; il appelle son frère et Suson, dont un ravin marécageux le sépare. Le chant continue, le cavalier reste immobile, et la vision disparaît à travers les glaïeuls. Les chouans avaient senti leurs cheveux se dresser ; Jean lui-même était devenu pâle.

— J'ai pourtant bien reconnu François et la *pauvre fille*, dit-il en se retournant vers ses compagnons.

— A moins que ce ne soient leurs âmes, répondit *Miélette* qui tremblait.

— Des vivants nous auraient entendus, fit observer *Va-de-bon-Cœur*.

— Et ils ne chanteraient pas ainsi ! ajouta un chouan.

La voix continuait, en effet, à s'élever dans les ténèbres, toujours aussi vague et aussi plaintive ; elle semblait se diriger vers la cabane. Jean se raidit contre sa propre terreur, et rebroussa chemin vers le carrefour. Les deux fantômes y arrivèrent au même instant que les chouans. Jean appela de nouveau Suson et François.

— Nous voilà ! répondit cette fois la *pauvre fille*.

— Qui êtes-vous et que demandez-vous ? demanda *Miélette*, dont l'effroi entretenait le doute.

— Sauvez François ! répliqua Suson en tendant les bras.

Jean courut à son frère et voulut lui parler ; mais François avait les yeux hagards et les dents serrées ; il ne répondit pas. Quant à la *pauvre fille,* la douleur, la fatigue et l'épouvante avaient égaré sa raison. Cet air qu'elle répétait depuis le Mans pour endormir la souffrance du mourant semblait avoir pris possession de tout son être ; elle continuait à le redire machinalement et sans pouvoir s'arrêter.

Jean lui demanda où était sa mère.

— Là-bas,... restée avec les autres,... répondit-elle dans son demi-délire... Les canons, les voitures et les attelages étaient au milieu de nous...

Le petit point du jour arrive,
Arrive, arrivera.

Alors la veuve a été renversée ;... les bœufs ont fait passer la charette sur son corps....

A la porte de sa mère,
Trois petits coups frappa.

Comme elle avait mal, elle a prié les *gas* de l'achever ; mais ils ont répondu que Dieu ne l'avait pas
permis, et alors elle s'est résignée.

> Si vous dormez, réveillez-vous;
> C'est votre amant qui parle à vous.

— Et François était là? François n'a rien fait?
s'écria Jean, qui pleurait et tremblait de tout son
corps.

—François a pris la bride de son cheval aux
dents, répliqua Suson; il a tiré son sabre et il
s'est jeté au milieu des bleus.

> N'est-il pas temps de l'oublier,
> Le beau galant du temps passé?

Ah ! comme j'ai eu de la peine à le retrouver parmi les bleus !... Mais j'ai détourné sa monture et
je l'ai ramené jusqu'ici en chantant l'air qu'il aimait le mieux :

> Toujours, toujours, dedans mes chants,
> J'irai pleurant et regrettant.

Jean ne put obtenir aucune autre explication.

Son frère, que *Miélette* et *Va-de-bon-Cœur* avaient descendu de cheval, ne savait rien, n'entendait rien. Au nom de sa mère seulement, on voyait passer sur ses traits un frémissement convulsif; une lueur traversait ses yeux, puis il retombait dans sa stupeur égarée.

IV

Arrestation de M. de Talmont. — La lettre d'avertissement et Godeau. — La *pauvre fille* tuée à la Gravelle. — Combat de Jean Chouan. — Son frère René. — Tristesse de Jean Chouan. — Mort de ses deux sœurs. — Il est tué.

La douleur, au lieu d'abattre Jean Chouan, le retrempa. Après avoir pleuré la morte, il songea à la venger.

Son premier soin fut de préparer aux siens une retraite plus assurée que leur cabane, qui pouvait être à chaque instant découverte. Il fit creuser autour du carrefour de la *grand'ville* des souterrains en forme d'entonnoir dont l'étroite ouverture fut fermée par une claie d'osier recouverte de mousse. Cachés là, ils pouvaient braver toutes les recherches des républicains, qui marchèrent cent fois sur ces trappes verdoyantes sans se douter que l'ennemi était sous leurs pieds. Restait à se procurer des munitions. Celles que l'on attendait de Laval n'arrivaient pas; aucun messager n'avait voulu s'en charger. Jean Chouan part un soir en compagnie du seul Goupil; toutes les entrées de la ville étaient closes par des barricades et gardées. Jean franchit avec Goupil plusieurs murs de jardin, arriva jusqu'à l'église du faubourg Saint-Martin, qui servait de caserne aux bleus, et reconnut la maison où les munitions se trouvaient en réserve; mais tout y était fermé, et, en frappant, on eût attiré l'attention des sentinelles républicaines qui se promenaient à quelques pas. Heureusement que le toit était peu élevé; l'ancien couvreur réussit à l'atteindre, pénétra dans l'intérieur par une lucarne et vint ouvrir à son compagnon. Le lendemain, avant le jour, tous deux étaient de retour avec de la poudre et des balles pour toute la bande.

Celle-ci allait en avoir besoin, car un nouveau malheur venait de frapper la cause royaliste. Le jour même de son retour de Laval, Jean Chouan, qui était occupé à faire des cartouches dans une espèce de gîte qu'il s'était arrangé parmi les hautes fougères du taillis, vit venir *Miélette*, qui arrivait du Bourgneuf haletant et agité.

— Sors de là, *gas mentoux !* cria-t-il à Jean; c'est aujourd'hui qu'il faut brûler toute ta poudre.

— Qu'y a-t-il? demanda Cottereau.

— M. de Talmont est arrêté.

Jean s'élança d'un bond vers *Miélette*.

— Arrêté ! s'écria-t-il. Dans quel endroit? Q i te l'a dit? Où l'a-t-on mené?

— On l'a arrêté à Bazouges, c'est *Branche-d'Or* qui m'a averti, et on croit qu'il a été conduit à Ernée.

— Prête-moi ton fusil, dit rapidement Jean en remplissant ses poches de cartouches.

— Que veux-tu faire?

— Je pars pour Ernée.

— Mais les républicains y sont !

— Tant mieux ! Je saurai au juste ce qu'ils ont fait du prince.

— Tu seras pris !

— *Y a pas de danger !*

Miélette savait par expérience que c'était toujours la dernière raison du *gas mentoux*. Il le laissa
partir en maugréant tout bas de ne lui avoir pas
mieux ménagé la nouvelle. Jean fut deux jours
sans reparaître. Déjà on le croyait pris ou tué,
quand il arriva au bois de Misdon son fusil sous
l'aisselle.

— Eh bien? lui demanda *Miélette.*

— Eh bien! répliqua Jean, *ça ira*, comme disent les *patauds*. M. de Talmont est à Rennes,
mais on doit le juger à Laval, et il y a quelqu'un
près du représentant Esnue Lavallée qui nous aver-
tira du jour. C'est à nous de l'attendre au passage.

— Alors il faut avertir les autres !

— C'est fait. En revenant, j'ai vu *Jambe-d'Argent*, qui sera à Misdon ce soir avec sa bande, et
les bons enfants du bataillon de la *montagne* (1)
partiront d'Ernée pour nous rejoindre.

(1) Formé de conscrits du Calvados, royalistes pour la plupart.

—Où cela?

—Entre la Gravelle et Laval, au bois de l'Aulne. Je viens de reconnaître les lieux, et j'ai mon plan. Nous n'avons plus maintenant qu'à faire les morts pour que les bleus s'endorment, et qu'à attendre ici l'avertissement.

—A la bonne heure; mais voici toujours une lettre qu'un mendiant a laissée pour toi à Lorière.

Jean prit le billet et le retourna de tous côtés.

—Tu ne te doutes pas de ce qu'on peut avoir mis sur ce papier? demanda-t-il.

—On n'a rien dit, et, chez les Guéharrée, personne ne connaissait l'homme qui l'a remis.

— Alors il faudrait lire.

—C'est clair, dit *Miélette* en riant; mais ni toi ni moi nous n'avons les lunettes pour ça, tandis que Godeau assure qu'il lit l'écriture aussi couramment que la moulée. Eh ! *Dominus vobiscum,* viens nous prouver que tout peut servir, même un savant; il y a ici un billet qui te demande.

Godeau se présenta avec la superbe nonchalance qui lui était ordinaire; il s'informa de l'origine de la lettre, la regarda assez de temps pour l'épeler, et finit par déclarer qu'elle était dépourvue de sens et qu'on avait sans doute voulu s'amuser à leurs dépens. *Miélette* supposa que ce devait être un stratagème des bleus, qui, en adressant un billet à Jean, pouvaient faire surveiller le messager et découvrir sa retraite. On mit, en conséquence, des vedettes à tous les coins du bois; mais les républicains ne parurent pas, et *Jambe-d'Argent*, qui arriva le soir, assura que tous les cantonnements étaient tranquilles. Trois jours s'écoulèrent sans que l'on reçût aucun avertissement. Jean Chouan, qui ne pouvait comprendre un si long retard, ne mangeait plus, ni ne dormait. Enfin, la quatrième nuit, il partit pour Saint-Ouën, où il espérait apprendre quelque nouvelle; mais il revint presque aussitôt courant et hors de lui.

— Où est Godeau ! cria-t-il; appelez Godeau, amenez ici Godeau.

Celui-ci arriva; Jean courut à lui et le saisit à la gorge.

— C'est toi qui m'as lu cette lettre, dit-il en montrant le papier envoyé de Lorière?

—Oui! répliqua Godeau troublé.

—Et tu m'as assuré qu'elle ne disait rien.

—Je n'ai... rien vu...

—Eh bien! c'était l'avertissement d'être au bois de l'Aulne!

—Alors M. de Talmont est passé, interrompit *Miélette* saisi.

—Il y a trois jours.

—Et il est jugé?

—Il est mort.

Les chouans se regardèrent consternés, mais Jean continuait à secouer Godeau avec rage.

—Il est mort, entends-tu bien, criait-il, et c'est toi qui nous as empêchés de le sauver. Il n'y avait plus que lui qui pouvait réunir les *mainiaux*, maintenant tout le monde voudra être maître; les royalistes sont perdus, et c'est toi qui en es la cause! Mais, aussi vrai que je suis chrétien, tu n'en profiteras pas.

Et se tournant vers ses hommes:

—Comment avez-vous promis de punir les traîtres? demanda-t-il.

—Fusillés! répondirent toutes les voix.

— Emmenez donc celui-ci, continua-t-il en leur jetant Godeau, et finissez vite.

Les chouans entraînèrent le malheureux, qui se débattait et criait qu'il n'était pas un traître.

— Alors pourquoi n'as-tu pas dit ce qu'il y avait dans le billet? objecta *Miélette*.

— Je n'étais pas sûr... répliqua le garde-chasse.

Miélette lui banda les yeux, il s'efforça de se dégager.

— Non, cria-t-il, vous ne me fusillerez pas... On ne tue pas un homme... parce qu'il s'est trompé.

— As-tu lu l'avertissement? reprit le chouan, dont l'implacable logique ne sortait point de la même question.

— C'était... trop mal écrit... dit Godeau.

On le renversa à terre, et cinq ou six fusils s'appuyèrent sur sa poitrine.

— Grâce ! cria-t-il; au nom de Dieu, grâce ! je n'ai point trahi.

— Sais-tu lire? demanda *Miélette*.

— Eh bien... non, bégaya le garde-chasse d'une voix étranglée.

La honte d'avouer son ignorance avait contrebalancé chez lui jusqu'au dernier instant l'amour de la vie.

—Ah ! je m'en doutais, s'écria *Miélette*, qui écarta les fusils ; alors tu nous as menti comme un huguenot, et M. de Talmont est mort à cause de ta vanterie ! Détale vite, et surtout ne te retrouve jamais sur la route de Jean, car il te tuerait comme un chien.

De nouveaux chagrins devaient faire oublier Godeau à ce dernier. Son frère François était mort des suites de sa blessure et avait été secrètement enterré dans le cimetière d'Olivet. La *pauvre fille*, dont la raison s'était égarée de plus en plus, avait refusé de quitter l'endroit où reposaient ses restes ; elle avait pris pour demeure le porche même de l'église, et passait une partie de ses journées sur la fosse du mort, où elle continuait à chanter ses noëls et ses complaintes. Les bleus connurent ainsi le lieu de sépulture de François ; quelques scélérats déterrèrent le cadavre et en coupèrent la tête, qui fut placée au bout d'un pieu comme celle du *fameux Cottereau, chef des chouans du bas Maine.* Pendant cette profanation infâme, la *pauvre fille* n'avait rien dit, mais elle cessa de chanter, suivit l'horrible dépouille jusqu'à la Gravelle, et s'assit au pied du poteau où elle était exposée. Des soldats qui lui avaient ordonné de se retirer, et auxquels on dit que c'était une *brigande*, la tuèrent.

Jean apprit ces détails de René, qui avait été arrêté comme suspect, puis remis en liberté. Jaloux de conserver son *avoir* à tout prix, René s'était jusqu'alors tenu en dehors de l'insurrection, uniquement occupé de bêcher son *closeau* et de dérober ses vaches aux deux partis; mais, en sortant des prisons de Laval, il trouva sa crèche vide, son *closeau* ravagé et sa maison sans porte. Les pillards déguisés en patriotes qui parcouraient les campagnes sous le nom de *contre-chouans* avaient tout emporté. A cette vue, René fut saisi d'une rage furieuse. Il ordonna à sa femme de rassembler les guenilles qu'on avait dédaignées, et, retirant son fusil caché sous la pierre du foyer, il alla rejoindre son frère au bois de Misdon.

— Voilà tout ce que les bleus m'ont laissé, dit-lien montrant à Jean le paquet porté par sa femme; mais que je sois toute ma vie un mendiant, si je n'en tue autant qu'ils m'ont volé de petits écus !

Jean éprouvait lui-même un commencement de désespoir qui se traduisait en une fièvre d'entreprises. Il promenait sa bande des marches du Maine aux marches de la Bretagne, attaquant les convois, désarmant les patriotes et délivrant les prisonniers. Les affaires de Rouge-Feu, de Bourgon, de Saint-Mervhé, du Grand-Mail, de Saint-Ouën, se succédèrent rapidement et presque toujours à l'avantage des chouans. René montra partout la même fureur inexorable. A la vue des bleus, comme le disait *Va-de-bon-Cœur, son fusil partait de lui-même.* Il frappait des femmes sans défense, uniquement parce qu'elles avaient pris la fuite à son approche; il fusillait des passants désarmés qui portaient la cocarde tricolore, il égorgeait les prisonniers et les blessés. Ce fut surtout à l'affaire du Grand-Mail et à celle de Saint-Ouën que, selon sa terrible expression, il put tuer des patriotes *à poignées.* La destruction du butin, qu'il fallait le plus souvent brûler par l'impossibilité

d'en tirer parti, augmentait encore ses emporte-
ments. Il tournait alors autour des flammes comme
un loup autour des feux de berger, déplorait tout
haut la perte de tant de choses de prix, en suppu-
tait la valeur et accusait avec une folle indignation
les patriotes d'*empêcher que les vrais chrétiens
pussent en profiter*. Jean s'opposait, autant qu'il
lui était possible, à ses barbaries, mais il était à
peu près le seul à les désapprouver. La violence a
une apparence d'énergie à laquelle les forts ap-
plaudissent par sympathie, les faibles par crainte.
Jean désarma en vain plusieurs fois son frère; celui-ci se procurait bientôt un nouveau fusil et recommençait contre les bleus ce qu'il appelait *son
compte de petits écus*.

Un matin que la troupe était réunie à Maineuf,
près du bourg du Genet, René, que tourmentait
une inquiétude de bête fauve, se leva le premier
et sortit pour examiner les alentours du campement. Tout à coup il aperçoit un homme qui
semble s'avancer avec précaution à travers les
touffes de châtaigniers, et dont le costume n'est
point celui des paysans. René n'en regarde pas da-

vantage, sa balle part, et l'homme tombe. Jean,
réveillé en sursaut, accourt avec *Miélette* et plusieurs autres. On débarrasse d'abord le cadavre
d'un sac de cuir qui se trouve plein de cartouches
et de pierres à fusil que les chouans attendaient,
puis on regarde au visage!... C'était leur messager
le plus fidèle et un compatriote des Cottereau, ce-
lui-là même qui, étant cocher du prince de Talmont, avait fait monter la veuve des *Poiriers* dans
son équipage pour la conduire au roi! Cette fois
Jean ne fut point maître de sa colère.

— Ah! malheureux! s'écria-t-il en se précipi-
tant vers René, voilà trop de sang qui crie contre
notre nom; il faut que tu sois puni devant le ciel
du bon Dieu!

Il le couchait en joue; les chouans se jetèrent
sur lui, et Michel Cribier lui arracha son fusil.

— Tu désarmes ton capitaine ! cria Jean égaré.

— Non, dit Cribier, j'empêche qu'il y ait parmi
nous un Caïn.

A ce mot, Jean recula avec un cri, cacha sa figure
dans ses mains, et, courant au plus épais du fourré,
il s'y laissa tomber à genoux.

Ces scènes terribles étaient parfois entrecoupées d'épisodes moins sombres. Lorsque les chouans avaient vu s'éloigner les détachements républicains et que le soleil brillait sur les *placis*, ils sortaient de leurs tanières pour s'exercer à quelques-uns des jeux des paroisses ou pour danser les rondes du pays. On entendait alors ce chœur de voix rustiques s'élever joyeusement dans les clairières des bois, et les femmes, que la terreur tenait renfermées dans leurs cabanes, venaient timidement sur le seuil et se disaient l'une à l'autre :

— Voilà les *gas* qui prennent courage, demain il y aura de la poudre brûlée.

D'autres fois, quand les chouans entraient dans un bourg, ils couraient à l'église, et, au risque de faire connaître leur présence aux cantonnements patriotes, ils se mettaient à sonner l'*Angelus*. Ce bruit des cloches, qu'ils avaient cessé d'entendre depuis si longtemps, leur causait une joie inexprimable; tous s'agenouillaient la tête découverte et attendris jusqu'aux larmes. On eût dit que, comme dans la ballade de Schiller, ce tintement évoquait devant leurs yeux les plus touchantes images du passé, joies de la naissance, ivresses du mariage, religieuses tristesses des funérailles ! C'était pour eux tout le poëme de la vie chanté par la voix du village natal.

Jean Chouan ne prenait point part à ces joies. Depuis le dernier meurtre de René et l'emportement qui avait failli le rendre fratricide, il était tombé dans une sombre tristesse ; le sang versé lui faisait horreur. Un jour, obligé de se porter sur le passage d'un convoi, il donna ordre à sa troupe de ne tirer qu'après lui, et laissa passer les républicains sans faire feu. Ses compagnons murmuraient de pareils ménagements, mais Jean faisait toujour la même réponse : — Les Cottereau ont tué trop de créatures du bon Dieu, le bon Dieu se revengera.

Ces paroles semblèrent prophétiques, car les frères chouans apprirent peu après l'arrestation de leurs deux sœurs Perrine et Renée. A cette nouvelle, Jean sortit de sa torpeur. Les prisonnières avaient été conduites au Bourgneuf, d'où on devait les diriger sur Laval avec une forte escorte. Il résolut de les délivrer. Par malheur, la plupart de ses hommes était absents, il n'en put réunir

5.

que vingt-cinq ; mais il leur fit jurer *sur leur part de paradis* qu'ils mourraient jusqu'au dernier pour sauver les deux jeunes filles. La petite troupe s'embusqua dans les bois de la *Durondais,* au fond d'une douve cachée par une haie touffue. Jean, que ses compagnons n'avaient jamais vu effrayé, tremblait si fort, qu'il pouvait à peine parler. Il recommanda aux chouans de se souvenir de leur amitié pour lui et de prier le bon Dieu en son intention, puis il se porta en avant pour guetter le convoi ; mais aucun bruit n'annonçait son approche. Le jour arriva sans qu'on vît rien paraître. Seulement la pluie commençait à tomber et à remplir la douve. Les chouans eurent bientôt de l'eau jusqu'au-dessus de la cheville. Jean éperdu revenait à chaque instant vers eux, serrait leurs mains, et s'écriait les larmes aux yeux : — Nous les délivrerons, pas vrai ? Vous ne voudriez pas m'abandonner seul ici ? Et les chouans répondaient : — Ne t'inquiète de rien ; tant que tu resteras, nous resterons.

Cependant les heures succédaient aux heures ; la pluie augmentait toujours. De la cheville, l'eau avait gagné les genoux, et personne n'avait mangé depuis vingt-quatre heures! Enfin, au retour de la nuit, Jean eut pitié de ces dévouements silencieux.

— Partez, mes *gas*, dit-il; le mauvais temps aura retenu les bleus. Demain nous reviendrons les attendre.

— Mais quand il se trouva seul avec *Miélette*, il lui dit :

— Retourne à Misdon; moi, je vais au Bourgneuf pour m'informer, car j'ai de noires idées dans le cœur.

Ces noires idées étaient des pressentiments. Au Bourgneuf, Jean apprit que ses sœurs avaient été conduites, dès le premier jour, à Ernée par un autre chemin. Il se rend à Ernée; elles venaient d'être envoyées à Mayenne. Il partit pour Mayenne; on les avait dirigées sur Laval. Jean revint à Misdon pour prendre conseil de *Miélette*.

Parmi beaucoup d'autres talents, ce dernier avait celui des déguisements. Nul ne savait mieux que lui prendre au besoin l'apparence d'une vieille femme. Il se procura le costume nécessaire et se rendit à Laval pour avo des renseignements. Il rcvint dès le soir même, mais si troublé, qu'il entra dans la cabane où était Jean sans l'apercevoir; Jean devina à sa pâleur ce qui était arrivé.

— On les a tuées, n'est-ce pas? s'écria-t-il en se levant hors de lui.

— Oui, dit *Miélette ;* mais console-toi, elles ne t'ont point fait déshonneur.

Il lui raconta alors qu'il les avait vu conduire à la guillotine. Renée, qui n'avait que seize ans, pleurait un peu et avait peine à marcher; mais Perrine la soutenait et lui parlait tout bas pour l'encoura ger à quitter la vie *sans y regarder.* Quand le moment de monter l'échelle était venu, elle l'avait aidée et s'était présentée la dernière, afin de lui ôter l'horreur de sa mort. Enfin, son tour arrivé, on l'avait vue marcher vers le couteau *comme elle fût entrée à l'église,* et, avant qu'il tombât, elle avait jeté deux cris : *Vive le roi!* et *vive mon frère Chouan!* — *Miélette* s'était alors précipité vers l'échafaud avec la foule, et avait trempé dans le sant des deux sœurs un mouchoir qu'il apportait à Jean.

Celui-ci avait écouté le récit de *Miélette* sans rien

dire; il le remercia d'un mouvement de tête, prit le mouchoir, le regarda quelque temps, puis le cacha dans son sein, où on le retrouva plus tard. Du reste, il ne pleura point; mais à partir de ce jour, personne, me dit *Va-de-bon-Cœur*, ne le vit sourire, ni prononcer un mot, à moins d'y être forcé. Il refusa de se rendre à l'assemblée des insurgés du bas Maine et ne voulut prendre part à aucune des expéditions proposées.

— Il ne faut pas que les autres marchent dans mon malheur, répondit-il à ceux qui lui reprochaient ces refus.

Enfin, s'étant arrêté un jour avec ses gens dans la ferme de la Babinière, ils y furent surpris par un détachement de bleus qui les mit en fuite. Jean s'était lui-même échappé, lorsqu'il entendit la femme de René qui l'appelait à son secours. Il revint aussitôt sur ses pas, l'aida à franchir un fossé et fit face aux républicains pour lui donner le temps de fuir. Tous les coups se trouvèrent ainsi dirigés sur lui, et il tomba frappé de plusieurs balles. Il eut pourtant encore la force de se traîner jusqu'au gaillis, où ses compagnons le retrouvèrent. On le

plaça sur un drap porté par les quatre coins et on
le ramena au bois de Misdon. Il y vécut jusqu'au
lendemain, et profita de cette prolongation d'a-
gonie pour raffermir ses compagnons, leur dési-
gner son successeur, donner à chacun des conseils
et des consolations. Il y eut dans ces derniers
adieux quelque chose de si calme, de si noble, de
si désintéressé de la terre, que le vieux *Va-de-bon-
Cœur* n'en parlait qu'avec une voix émue.

— Ça doit être comme ça que meurent les saints,
me dit-il en terminant.

Les compagnons de Jean craignirent de voir re-
nouveler sur son cadavre les profanations commi-
ses sur celui de François, et l'enterrèrent dans
l'endroit le plus écarté du bois. L'herbe fut d'a-
bord soigneusement enlevée, une fosse de six pieds
creusée, puis la terre remise et foulée à mesure,
de peur que quelque abaissement dans le sol ne
trahît plus tard la sépulture. Enfin le gazon fut re-
placé, arrosé avec soin et recouvert de feuilles
mortes.

Ainsi finit cet homme extraordinaire, qui donna
son nom à une guerre civile auprès de laquelle,

selon le général Hoche, *toutes les autres n'ont été que des jeux*. Cependant il ne fut que le précurseur de cette lutte, dont *Jambe-d'Argent* et *M. Jacques* devaient être les héros. Dépourvu d'instruction élémentaires et d'idées générales, Jean Chouan ne sut ni étendre la révolte ni l'organiser ; la portée politique manquait à son esprit. Au milieu des luttes auxquelles le hasard le mêla, il resta toujours le vrai paysan manceau, renfermant ses idées dans les limites du devoir le plus prochain. Tous les éléments de son rôle historique furent empruntés aux intérêts ou aux affections de la famille. La nécessité l'avait fait *faux-saulnier,* la reconnaissance le fit royaliste ; mais la première condition lui manqua toujours comme chef de parti : l'ambition.

Aussi sa mort eut-elle peu d'influence sur l'insurrection. Son œuvre était achevée, il disparut, quand d'autres commençaient la leur. Ses compagnons du bois de Misdon connurent seuls le lieu où ses restes avaient été enfouis. Ce lieu, nous nous le sommes fait indiquer. Descendant des bleus, nous y sommes arrivé pacifiquement conduit par le fils d'un vieux royaliste. Nous nous sommes assis sur cette tombe oubliée et couverte de liserons, nous avons écouté les chansons *chouan nes* que les pâtres répètent encore, en promenant leurs troupeaux sur les lisières du bois, et nous nous sommes réjoui de vivre à une époque assez guérie des haines de ce temps, pour ne trouver dans ces chansons qu'un monument de notre histoire nationale, et pour ne voir dans cette sauvage sépulture que le souvenir d'un homme justement combattu par nos pères, mais auquel on doit accorder cette épitaphe, la plus noble qu'aucun de nous puisse espérer : *Mort pour ce qu'il croyait la vérité.*

DEUXIÈME RÉCIT.

JAMBE-D'ARGENT ET MONSIEUR JACQUES.

I

Les deux genres d'histoire. — Le presbytère de M. le Bon. — Enfance de Louis Treton, dit *Jambe-d'Argent.*

Tous les peuples ont deux histoires, l'une qui se plaît aux vues d'ensemble et ne marche qu'escortée de documents authentiques, l'autre curieuse de détails, mêlée aux événements privés, et relevant de la tradition. La première ressemble à ces fleuves du Nouveau-Monde qui emportent tout dans leur cours puissant, mais dont l'œil n'aperçoit que les grandes ondulations ; la seconde est un de ces ruisseaux au bord desquels on s'asseoit afin de regarder jusqu'au fond, de cueillir les brins de joncs et de compter les cailloux.

Pour tous, il y a des jours où l'air des hauteurs étourdit, où lés immenses horizons fatiguent, où le regard aime à descendre vers les lieux bas, afin de se reposer sur l'étroite *closerie* qu'encadrent les vieux troncs d'aubépine. Alors on s'arrête aux épisodes familiers du grand poëme : sortis des palais officiels de l'histoire, nous nous oublions à écouter les récits que les jeunes filles font à la source du village, ou les vieillards sur le seuil. La prévention s'y montre souvent, l'ignorance toujours, mais du moins on y trouve la vie. C'est ainsi que le peuple a vu, qu'il a entendu, qu'il a senti. S'il raconte inexactement ce qui a été, il raconte naïvement ce qu'il est lui-même ; ses erreurs ne sont point des mensonges, ce sont des vérités relatives, qu'il s'agit de remettre à leur place ; son tort comme son mérite est d'écrire perpétuellement le roman humain sur les feuillets de l'histoire. — C'é-

tait le désir de connaître cette chronique populaire
des plus célèbres chouans qui m'avait conduit aux
Boutières et qui m'amenait de nouveau chez un
autre témoin de ces luttes aventureuses.

Celui-ci administrait les âmes de l'une des paroisses les plus pauvres du bas Maine. Le patri-
moine que lui avait laissé sa famille suppléait à
l'insuffisance des ressources curiales et l'aidait à
briser chez ses paroissiens les aiguillons les plus
envenimés de la misère. Aussi la reconnaissance
avait-elle fait pour son nom ce que la flatterie fait
pour le nom des rois : ne pouvant parler de lui
sans rappeler son inépuisable bonté, les gens du
pays s'étaient accoutumés à prendre la qualité pour
l'homme, et, au lieu de répéter sans cesse *le bon
curé*, ils avaient fini par dire simplement *le Bon*,
comme si une pareille désignation n'eût pu laisser
aucun doute. Le propriétaire du Moulin-Neuf lui-
même, malgré son mépris philosophique pour
toute croyance qui ne ressortait pas directement
des quatre règles, m'avoua que *M. le Bon* passait
pour la providence du canton.

— Il les abrutit bien un peu de superstitions sur

le bon Dieu et son paradis, ajouta-t-il, mais il a endoctriné les parents pour la vaccine, il distribue gratis des médicaments, il enseigne les nouvelles cultures, et il vient d'appeler une sage-femme dans la commune. C'est bien encore *le moins mauvais d'eux tous.*

Cet éloge négatif avait, dans la bouche de mon conducteur, une éloquence qui accrut mon empressement à voir *M. le Bon.* Il fut donc convenu qu'en retournant chez lui, le meunier ferait un détour qui lui permettrait de me laisser à la cure, où j'étais annoncé et attendu.

Nous prîmes par des routes sauvages, tantôt enfouies sous les haies et entrecoupées de flaques d'eau verdâtre, tantôt serpentant à travers les friches d'où s'élevaient des volées de lourdes perdrix, tantôt longeant le bord des ruisseaux qui gazouillaient parmi les osiers. En passant près d'un hêtre, je montrai à mon compagnon un de ces trous que le pivert creuse pour son nid, et qui était recouvert de plusieurs lames de fer.

— Ah ! oui, me dit le meunier en riant, c'est l'ouvrage de quelque curieux du pays qui veut se procurer *l'herbe qui coupe.* Le pivert passe chez nous pour un oiseau savant qui a voyagé et qui connaît les bons coins. Si vous lui fermez sa maison, comme vous le voyez là, il vole à l'instant même vers une montagne où pousse une plante merveilleuse qui brise le fer, et, après s'en être servi pour rentrer chez lui, il la laisse tomber sur le morceau de drap rouge placé au-dessous. Ici le drap a été oublié ou a disparu, ce qui expliquera aux malins la non réussite de la chose et les encouragera à recommencer.

Cette croyance populaire me rappela celle que javais entendu raconter en Normandie. Là comme partout, les nids d'hirondelles sont, pour les maisons auxquelles on les voit suspendus, une assurance de joie et de prospérité ; mais ces nids peuvent devenir en même temps, pour l'aveugle, un moyen de guérison. Il suffit d'attendre que les petits soient éclos et de leur crever les yeux. Dès que la mère s'en aperçoit, elle s'envole et revient bientôt avec une pierre dont elle se sert pour leur rendre la vue. L'aveugle la retrouve dans le nid et peut s'en servir à son tour ! Ainsi, en tous lieux et sous toutes les formes, la tradition attribue quelque rôle symbolique ou surhumain à cette race ailée qui vit dans l'océan des cieux. Placés entre la terre et les nuées, les oiseaux semblent participer à une double nature, et, lorsque les anges ont été mis en communication avec les hommes, ils ont emprunté leurs ailes!—Puis n'ont-ils pas le prestige de tout ce qui arrive de loin? Les Égyptiens étendaient leurs malades aux portes, convaincus que l'étranger qui passait devait leur apporter quelque remède des contrées inconnues. Ainsi fait le peuple en demandant aux oiseaux de nos campagnes mille dons merveilleux : eux aussi sont des étrangers qui passent et, à les voir traverser l'éther, indifférents de l'espace, libres de tout lien, victorieux sans effort des obstacles, comment ne point imaginer que la terre et le ciel sont sans mystères pour ces éternels voyageurs?

Les inextricables méandres de la route que nous suivions variaient à l'infini les perspectives, mais semblaient éloigner le but. L'*Angelus* sonnait au loin à toutes les églises des villages, lorsqu'un toit d'ardoise se montra devant nous au-dessus des arbres.

— Voilà le nid, dit le meunier, qui me l'indiqua du bout de son fouet ; nous y arriverons pour le dîner, ce qui est toujours la bonne heure chez les curés. Allons, *Bolivar*, un coup de vigueur ! nous allons au râtelier.

Le cheval parut comprendre, il allongea le pas, et nous aperçûmes enfin la façade du presbytère. Des vignes encadraient chaque fenêtre, couraient le long des cordons de maçonnerie qui surmontaient le rez-de-chaussée, brodaient les corniches, escaladaient le toit, et, rampant le long des pentes, allaient couronner les cheminées, qui épanouissaient au-dessus leur panache de fumée. Des pigeons roucoulaient mélodieusement sur l'ardoise échauffée par le soleil du midi, et, à la porte, un grand chien fauve, roulé sur lui-même, dormait aux pieds d'une vieille fileuse. Au bruit du char-à-bancs, tous deux relevèrent la tête ; le chien gronda doucement, et la servante poussa une exclamation de surprise.

— Eh ! c'est Catherine ! dit gaîment mon compagnon ; tu n'as donc pas entendu la cloche du dîner, ma vieille, que te voilà à faire tourner ton rouet au lieu de faire aller le tourne-broche ?

— Le tourne-broche un vendredi ! s'écria Catherine scandalisée.

— Par le Père éternel ! elle a raison, c'est un vendredi ! reprit le meunier, qui laissa tomber les guides d'un air de désolation si sérieuse, que le rire me gagna ; je n'avais point pensé à cela quand je suis parti ? Qu'est-ce que nous allons devenir ?

— N'entends-je pas mes hôtes ? interrompit une voix derrière le char-à-bancs.

Nous nous retournâmes : c'était *M. le Bon*, qui revenait de visiter des malades, son bréviaire sous le bras. Il souhaita cordialement la bienvenue à mon conducteur, et me prit les deux mains avec une tendresse presque paternelle.

— Je vous attendais, me dit-il ; j'ai pensé à vous, et nous aurons à causer longuement.

Puis, montrant au meunier le seuil du presbytère :

— Que notre cher voisin veuille entrer, ajouta-t-il avec une bonhomie riante ; bien que le vendredi soit un jour néfaste, nous tâcherons d'en faire pour lui un jour *marqué de blanc*, comme doivent l'être tous ceux du propriétaire du Moulin-Neuf.

Le fabricant de farine, qui n'avait jamais lu Horace, ne comprit pas l'épigramme du vieux prêtre ; il passa d'un air gauchement délibéré, et nous précéda dans une salle à manger, où la table était dressée. C'était une pièce vaste et simplement blanchie à la chaux, dont une profusion de fleurs vivaces faisait le seul ornement ; mais tel était le mélange de plantes grimpantes, d'arbustes verts et d'herbacées fleuries, habilement étagés selon l'élévation, la forme ou la couleur, que l'ensemble produisait sur la blanche muraille une broderie mouvante d'une grâce et d'une originalité singulières. Un immense coquillage, encadré de saxifrages, recevait l'eau d'une fontaine et complétait cette décoration rustique. A cet aspect charmant, je m'étais arrêté, malgré moi, sur le seuil, et je n'avais pu retenir un cri. Mon conducteur me regarda.

— Eh bien ! voilà un genre d'ameublement que vous ne connaissez point Paris, me dit-il avec ce rire lourd et blessant que l'on pourrait appeler le rire des enrichis ; comme vous voyez, c'est simple et peu dispendieux. Quant à l'entretien, c'est *M. le Bon* qui s'en charge lui-même ; il regarde aussi ses fleurs comme ses paroissiens.

— Pourquoi non ? dit le curé avec une placidité souriante ; toutes les créatures de Dieu n'ont-elles pas droit à l'affection de l'homme ? Vous avez dit plus vrai que vous ne pensiez peut-être. Oui, ces fleurs sont une part de ma vie ; c'est une famille muette que j'élève à mon foyer de célibataire, de pauvres enfants d'adoption dont il faut diriger la séve, des vieillards auxquels je ménage la bise ou le soleil. Ne croyez pas que de pareils soins restent sans influence sur l'âme.

Le meunier me regarda en se mordant la lèvre.

— Le prône va commencer, dit-il tout bas, tandis que *M. le Bon* dépouillait une magnifique bruyère de ses campanules défleuries.

Mais notre hôte ne semblait nullement disposé à réaliser cette prédiction, et, revenant sans digression à ses goûts d'horticulture, il nous proposa de passer au jardin, tandis que Catherine faisait un appel à toutes les ressources du voisinage pour renforcer le dîner curial.

Nous traversâmes d'abord un parterre, dont les compartiments réguliers ne renfermaient que des plantes vulgaires et *passées de mode,* comme le meunier nous le fit remarquer. *M. le Bon* l'avait tracé et planté lui-même, en mémoire du parterre de la maison paternelle.

— Votre œil doit être fatigué de ces figures de géométrie tracées en buis, dit-il; mais moi, je trouve dans ces œillets panachés, dans ces absinthes fleuries, dans ces fenouils verts, comme une odeur de mes jeunes années.

— C'est-à-dire que vous perdez votre meilleur coin de terre, objecta mon compagnon; une exposition en plein midi! Vous pourriez avoir ici des contre-espaliers et des melons.

— J'aime mieux avoir des souvenirs, répliqua doucement le curé; c'est du luxe sans doute, mais on doit passer quelques fantaisies aux vieillards.

Il nous montra ensuite le potager, dont la culture avait le caractère d'ordre et d'appropriation qui est la grâce des choses utiles; le verger abritant quelques ruches entourées de thyms, selon le précepte de Virgile qu'il me rappela :

. . . Graviter spirantis copia thymbræ;

enfin un vaste champ nommé par lui la *terre de Chanaan.* C'était là qu'il employait les instruments nouveaux, qu'il semait les graines d'essai et appliquait les modes de culture encore inconnus au pays. Bordée par la route et placée vis-à-vis de l'église, la *terre de Chanaan* était exposée à tous les regards. Chaque dimanche, en se rendant aux offices, les paysans pouvaient l'examiner, juger les tentatives, suivre toutes les périodes de l'insuccès ou de la réussite. Les plus indifférents étaient forcés de voir, les plus obstinés, de comprendre. A chaque essai, la nature écrivait sa réponse en caractères qu'aucun regard ne pouvait refuser de lire ; la vérité devenait un fait. *M. le Bon* l'appuyait en outre de ses exhortations et de ses enseignements.

— C'est en soldat qu'il faut servir ce qu'on croit

le bien, nous dit-il à ce sujet ; le mensonge a presque toujours l'avantage d'oser, tandis que la vérité est timide. Elle craint d'importuner, elle s'arrête devant les portes qui se ferment et rebrousse chemin vers son puits. Ce n'est pas ainsi que l'on fait triompher une cause. La guerre contre le mal doit se faire comme nos chouans faisaient la guerre aux bleus, sans calculer les forces ennemies et sans jamais croire qu'on a fini. Chaque fait peut devenir une arme, chaque exemple un buisson derrière lequel on tire un coup de fusil sur l'erreur. Si on ne la tue pas, on lui fait perdre du sang, et, à force de blessures, elle finit par mourir au coin d'un fossé.

L'allusion du vieux prêtre aux guerres royalistes amenait tout naturellement l'entretien à l'objet de ma visite. Je saisis le moyen de transition qui m'était fourni, et j'avouai quelles espérances m'avaient conduit au presbytère.

— Je sais, me dit le vieux prêtre d'un air pensif, vous avez la curiosité de tous ceux de votre âge : ils aiment à promener leur esprit aux bords de ce passé, comme on se promène aux bords d'une côte

6

orageuse, pour admirer les vagues, compter les brisants et entendre le récit des naufrages ; mais ce qui est pour eux une source d'émotions, rouvre chez nous de vieilles cicatrices. Il n'est aucun des nôtres qui, en emportant à travers l'incendie sa famille et ses dieux, n'ait laissé derrière lui, comme Énée, quelqu'une de ses affections. Moi-même, pauvre prêtre obscur, je ne puis retourner les yeux sans angoisse vers ces luttes implacables

Quorum pars *parva* fui.

Je vous raconterai pourtant ce que je sais ; les souvenirs des vieillards sont une part d'héritage qu'ils doivent acquitter de leur vivant.

Nous venions de regagner le salon, où nous trouvâmes nos couverts mis et la table servie. Grâce aux ressources du village, Catherine avait réussi à compléter un dîner qui faillit réconcilier mon conducteur avec les prescriptions de l'Église. Le curé fit honneur de ce festin improvisé à la bonne volonté des voisins.

—Ah ! je comprends ! dit le meunier en remplissant son assiette après avoir vidé son verre, tout dans notre pays est au service de l'Église. Si le *Mainiau* récolte une primeur, s'il pêche un gros poisson, s'il tue un gibier bien gras, c'est pour le presbytère !

— Mon voisin est trop du pays pour croire cela, dit *M. le Bon* gaiement. Le *Mainiau* aime ses curés sans doute, mais il pense que les véritables amitiés se prouvent mieux par ce qu'on reçoit que par ce qu'on donne. Quoi que nous fassions, le salut lui paraît toujours *une affaire ;* c'est un procès à gagner contre les malins esprits. Nous *occupons* pour lui en qualité de procureurs du bon Dieu ; mais s'il y a des frais à payer, adieu le client !

Je fis observer à notre hôte que la guerre royaliste dans le Maine avait au moins été une dérogation éclatante à cet esprit de calcul intéressé.

— Pour plusieurs, sans aucun doute, répondit-il, la foi politique et religieuse a eu ses martyrs ; mais combien ne se sont dévoués qu'à une passion en laissant croire qu'ils se dévouaient à une idée, en le croyant quelquefois eux-mêmes ! Dans une révolution, la vérité n'est jamais, d'un côté, si absolue, si lumineuse, que nous puissions la reconnaître certainement; nous n'avons le plus souvent à choisir qu'entre des crépuscules. Alors un souvenir, une espérance, un instinct, nous décident. Pour ma part, de tous les chefs de bande qui ont combattu dans le Maine, je n'en ai rencontré qu'un seul qui ait pris les armes sans considérations de famille, sans esprit d'imitation, sans haine, sans ambition et après un libre examen : ce fut un mendiant estropié qui avait longtemps parcouru les paroisses le bissac sur l'épaule et le bâton blanc à la main.

— Louis Treton, repris-je vivement; ainsi on m'a dit vrai, vous l'avez personnellement connu?

— Depuis le temps où il gardait les bestiaux chez un métayer d'Astillé, dit *M. le Bon*, car son père, pauvre closier aux Petits-Aulnais, ne pouvait nourrir ses douze enfants, et, dès que Louis sut manier la *marotte*, il fut envoyé sur les friches avec un *muguet*. On put reconnaître chez lui, dès lors, ces facultés sympathiques et actives qui semblent nous destiner au commandement. En attendant l'occasion de dominer les hommes, il se rendit maître de son troupeau. Les bœufs les plus rebelles et les chevaux les plus rétifs apprirent à reconnaître sa voix. Il poussait pour chacun d'eux un cri particulier auquel ils obéissaient. Assis sur le revers d'un fossé devant son feu de bruyère, il n'avait qu'à faire entendre ses appels pour qu'on les vît tous accourir. Les métayers du canton disaient, par plaisanterie, que l'enfant avait *marché sur l'herbe qui attire;* mais son seul talisman était l'instinct d'observation et un dévouement affectueux pour le troupeau qui lui avait été confié. Il en donna une preuve irrécusable, mais funeste pour lui. Vous savez qu'après les jeûnes forcés de l'hiver les loups redoublent habituellement d'audace. Au retour du printemps, un de ces animaux, enragé de faim, sortit des taillis avant la nuit, s'élança dans la friche où se trouvait Louis et allait emporter un poulain, lorsque le jeune pâtre, averti par l'effroi du troupeau qui prenait la fuite, accourut et se jeta à corps perdu sur la bête féroce. Tous deux roulèrent quelque temps à travers les bruyères sans pouvoir se terrasser; enfin un buisson arrêta l'enfant, et, pendant que le loup, retenu sous ses genoux, continuait de le mordre, il put saisir son couteau et lui scier la gorge. Le poulain avait été sauvé ; mais Treton était estropié de la jambe droite. Les soins tardifs qu'il reçut à l'hôpital d'Angers ne réussirent point à guérir une plaie dont la négligence avait fait un ulcère ; il fallut laisser le troupeau du métayer à un autre *pastour* et se traîner en mendiant aux portes des métairies. Cependant Louis conserva, même dans cet abaissement, l'instinct et l'exercice de sa supériorité. En retour de l'aumône reçue, il donnait un renseignement, une nouvelle, un conseil, et laissait celui qui l'avait secouru son obligé. Dans tous les jeux, il établissait la règle et la faisait respecter. Juge absolu des différends, il n'avait qu'un cri : *La justice!* Son courage forçait d'abord à s'y soumettre, et sa loyauté la faisait ensuite aimer. De tous les chefs de bande, c'est le seul, avec *M. Jacques,* qui n'ait point laissé de double réputation. Pour eux, toutes les voix sont amies, toutes les traditions d'accord. Aussi ont-ils été les deux foyers vivants de la cause royaliste dans le Maine. L'insurrection entière tourna toujours au-

tour d'eux, s'éclairant de leur lumière, s'échauf-
fant de leur flamme, et, quand ils tombèrent, tout
rentra dans le néant. Qui connaît leur histoire connaît celle de tout notre chouannerie.

II

Les successeurs de Jean Chouan. — Commencements de Jambe-
d'Argent. — Monsieur Jacques. — Leur entrevue; ils organi-
sent la chouannerie du Maine. — Attaque du bourg d'Astillé.
— Jambe-d'Argent et le gentilhomme.

Au sortir de table, le propriétaire du *Moulin-
Neuf* avait pris congé et était reparti; je pus interroger plus à l'aise *M. le Bon*, qui, de son côté, me
répondit plus librement. Il me raconta comment
la révolution l'avait surpris presque au sortir du
séminaire et à peine ordonné prêtre. Livré à ce
premier et pacifique enchantement d'une ferveur
satisfaite, sans regret du passé, heureux dans le
présent et attendant les joies éternelles de l'avenir,
il ne comprit rien aux colères du peuple. Contraint

de se réfugier dans sa famille, il continua à y étudier ses livres, à cultiver ses fleurs, et à attendre, sous les charmilles, que Dieu eût apaisé les cœurs violents. Sa mère, vieille et aveugle, le retenait au logis; on ignorait son retour dans le voisinage; pendant longtemps nul ne songea ni à réclamer son saint ministère, ni à s'en armer contre lui. Retiré dans sa solitude comme dans une île, il entendait gronder l'orage sans en éprouver les secousses. Quelques mendiants, qui continuaient à solliciter une aumône chaque jour plus rare à travers les villages dévastés, lui apportaient tous les vendredis des nouvelles de la guerre civile. Ils lui avaient appris les premières expéditions des frères Chouan, la destruction de l'armée catholique, et les nouveaux efforts tentés par les bandes d'insurgés.

Ces bandes, formées de Vendéens fugitifs auxquels s'étaient joints un certain nombre de Manceaux, n'avaient encore ni chefs ni organisation. Dispersées après chaque expédition, elles se reformaient pour l'expédition suivante avec des éléments nouveaux. Le plus hardi ou le mieux inspiré ce jour-là marchait à la tête des autres; si son plan échouait et qu'un de ses compagnons trouvât mieux, il l'acceptait à l'instant pour capitaine et redevenait soldat. Ce fut ainsi que Coquereau lui-même, le plus habitué de tous à se faire obéir, remit le commandement à Pimousse lors du combat livré sur la route de Daon à Cherré, et le reprit, quelques heures après, pour attaquer une colonne à l'entrée de Marigné. Parmi les chouans, l'égalité alors était la règle, l'autorité une exception variable et passagère.

Toutefois, dans ces alternatives de pouvoir et d'obéissance, le tour du commandement devait revenir plus souvent pour les intelligents et les braves. A ce double titre, Louis Treton ne tarda pas à conquérir sur ses compagnons de guerre l'autorité qu'il avait autrefois exercée sur ces compagnons de jeux. Sa participation à l'insurrection royaliste avait été, on le sait, le résultat d'une conviction réfléchie. Il y avait vu la défense de tout ce qu'il s'était accoutumé à aimer depuis son enfance; c'était, pour lui, plus qu'une cause à servir, c'était la liberté de ses préférences et de sa foi à sauver.

La révolution, qui satisfaisait aux instincts philosophiques des villes, heurtait, en effet, toutes les habitudes d'esprit et toutes les croyances des campagnes. Or, les préjugés d'un peuple sont, comme les vérités elles-mêmes, une part de sa conscience : enlever de force à un homme son erreur, c'est opérer un malade malgré lui, et violer, en ennemi, l'arche sainte que la persuasion seule doit ouvrir. Que cette violence ait pu ou non être évitée, c'est une question que nous ne préjugeons point ici; nous constatons seulement que la révolte des campagnes de l'ouest fut bien moins un mouvement politique qu'un élan d'indépendance. La plupart des Vendéens et des chouans combattaient, comme les républicains, pour la liberté, l'égalité et la fraternité humaines; on ne différait, dans les deux camps, que sur la manière de les comprendre. Les chefs nobles qui dirigèrent l'insurrection lui donnèrent un cri et un drapeau royalistes; mais, pour qui étudie les éléments mêmes réunis sous ce drapeau, l'origine de la révolte était ailleurs. Du reste, ce double caractère royaliste et populaire eut ses représentants distincts dans la chouannerie du

Maine. Jean Cottereau, lié à la monarchie et aux Talmont par une reconnaissance personnelle, combattit véritablement pour la royauté ; le mendiant Louis Treton, longtemps nourri par la charité des paroisses, combattit, comme Cathelineau, pour leur liberté.

La république avait complété ses victoires par la déroute du Mans. Le Maine était redevenu immobile et muet sous l'oppression de ce grand désastre. Parmi les combattants qui avaient survécu, les plus compromis se tenaient enfermés dans leurs tanières souterraines, les autres cherchaient à cacher leur participation à la défaite sous une soumission qui n'attestait que leur découragement. Ce fut alors que reparut dans le pays Louis Treton, à qui la plaque de fer-blanc destinée à garantir sa blessure toujours ouverte avait fait donner le surnom de *Jambe-d'Argent*. Lui aussi sortait de la bataille. Il avait encore le visage pâle de longues privations, la barbe hérissée, les mains noires de poudre et les haillons teints de sang ; mais son courage était ferme et entier. Il s'arrêtait aux portes de chaque métairie, appelait les jeunes gens par leurs noms et les encourageait à reprendre les armes. Il ne leur parlait pas de la royauté détruite ou de la noblesse abolie, mais de leurs églises où les cloches étaient silencieuses, de leurs villages occupés par des soldats comme une terre conquise, de leur foi déshonorée par la contrainte ou l'insulte. La voix de *Jambe-d'Argent*, assez forte, quand elle s'élevait, pour dominer tous les retentissements de la bataille, devenait, au besoin, caressante ; sa parole était comme l'onde, tantôt renversant avec fracas, tantôt pénétrant sans bruit, mais toujours irrésistible.

— Quand il voulait causer, répétait avec émotion, trente années plus tard, un de ses compagnons d'armes, Planchenault, dit *Cœur-de-Roi*, *les cœurs venaient se faire prendre comme les petits oiseaux en hiver.* Il vous conduisait contre votre volonté, sans qu'on s'en aperçût, et on se demandait ensuite comment cela avait pu arriver. Quand même j'aurais dû mourir pour lui une fois chaque jour, je l'aurais fait sans réclamation et sans me lasser, car *j'avais besoin de le voir content.*

Comme on le pense bien, *Jambe-d'Argent* n'en

était point venu là tout d'un coup. D'abord con-
fondu avec les autres chouans, il leur avait laissé
faire l'expérience de sa supériorité. Il s'était successivement dévoué pour chacun, et tous, avant de
devenir ses soldats, avaient été ses obligés. Moustache surtout ne pouvait oublier que, surpris par
les bleus sur la route de Cossé, il avait dû à *Jambe-d'Argent* de revenir sain et sauf et sans déshonneur parmi les siens. Appuyés épaule contre
épaule, tous deux avaient traversé, le fusil en joue
et au petit pas, les rangs des républicains qui,
frappés d'admiration, s'étaient écartés en criant :

— Laissez passer les braves !

Dès ce jour, l'ancien garde-chasse du marquis de
Monteclerc avait dit :

— Il faut que tu sois notre chef.

Et il ne négligea rien pour préparer à ce choix les
autres insurgés.

Les victoires de la Bodinière, puis de Nuillé,
qu'ils durent à *Jambe-d'Argent,* et la défaite
d'Ahuillé, par laquelle ils furent punis d'avoir repoussé ses conseils, décidèrent sa nomination. Ceux
qui avaient cherché dans la guerre civile une co-

carde pour couvrir leurs crimes osèrent seuls protester. De ce nombre furent Moulins, lâche bandit, instruit à toutes les bassesses dans les égouts de la gabelle, et bon seulement à colporter la terreur au moyen de marches prodigieuses; Barbier, dit *la Risque*, Jamois, surnommé *Place Nette*, et enfin *Mousqueton*, cet horrible *Quasimodo* de là chouannerie, que l'odeur du sang enivrait comme le vin, et qui sabrait les prisonniers à petits coups *pour sa réjouissance*.

Jambe - d'Argent montra dès lors l'esprit de conduite qui annonce le chef de parti. Bien qu'il méprisât les hommes qui lui contestaient le commandement, il s'efforça d'apaiser leur mauvaise humeur; car il savait que dans les guerres civiles on n'a pas le choix des instruments, et que l'on combat avec toutes les armes qui peuvent frapper l'ennemi. Voulant donc épargner à leur orgueil une obéissance immédiate, il les engagea à visiter les paroisses afin d'y propager la révolte. L'époque de la moisson arrivait d'ailleurs, et tous les jeunes gens qui avaient pris les armes allaient retourner dans leur famille pour assister à la *fête de la gerbe*.

Le nouveau chef résolut d'employer cette trève passagère à organiser la reprise des hostilités. Il avait longuement étudié toutes les chances de cette guerre de moucherons contre le lion républicain ; il savait que, pour perpétuer une lutte inégale, l'important était d'envelopper sa faiblesse de mystère, de se montrer partout en ne s'arrêtant nulle part, d'enserrer enfin l'ennemi dans un réseau d'adversaires invisibles qui pussent le forcer à se tenir la baïonnette croisée devant le vide et à s'énerver dans cette fièvre de l'attente et de l'inconnu, la plus redoutable de toutes les maladies pour les forts.

Le difficile était de faire accepter un pareil plan. Si les compagnons d'enfance ou de combat de Louis Treton ne remarquaient plus sa jambe malade et ses haillons, la noblesse y prenait garde ; sa visite aux gentilshommes bretons le lui avait prouvé. Son autorité, justifiée par le seul mérite, était, aux yeux de ceux-ci, une usurpation tout au plus tolérée. Vu le malheur des temps, les gens bien nés pouvaient lui permettre de mourir à leur côté, mais non recevoir de lui des conseils, ni une. di-

rection. Pour ceux qui arrivaient de Coblentz, il
ne suffisait pas que la raison fût la raison ; il fallait
encore qu'elle fût de bon lieu. *Jambe-d'Argent* le
savait, et, voulant avant tout l'adoption de ses
idées, il leur chercha un père adoptif.

Son choix s'arrêta sur un gentilhomme étranger
au Maine, qui s'y était fait connaître dans ces derniers mois. M. Jacques se donnait pour un officier
vendéen forcé de cacher son véritable nom. Il avait
paru sur la rive droite de la Mayenne peu après
la destruction de l'armée catholique ; mais il n'y
commandait aucune bande, et ne se montrait d'habitude que dans les moments les plus périlleux et
lorsque tout semblait désespéré. On l'apercevait
alors, tout à coup, aux premiers rangs, où il donnait un ordre, faisait exécuter un mouvement, et
la déroute se transformait aussitôt en victoire.
C'était le *Deus ex machinâ* de ce drame guerrier.
On comprend de quel prestige ces interventions
triomphantes avaient dû l'entourer. Tout en lui
d'ailleurs était fait pour exciter l'imagination populaire ; il était jeune, beau et doué de cette fasci-
nation à la fois impérieuse et pénétrante qui impro-

vise les royautés. Son costume avait, comme celui
de tous les officiers vendéens, quelque chose de
chevaleresque qui fixait les regards sur les grâces
de sa personne. Dans les châteaux royalistes où il
avait été reçu, les dames vantaient ses talents d'ar-
tiste et ses manières d'homme du monde ; les ec-
clésiastiques, qu'il avait plusieurs fois protégés
dans leur fuite, parlaient de son érudition et de
ses vues profondes ; enfin les paysans, dont il avait
partagé les expéditions, répétaient que nul ne l'é-
galait pour manier un fusil, monter à cheval ou
conduire une barque. Il fatiguait les plus vigoureux marcheurs, paraissait ne sentir ni la faim, ni
la soif, supportait, sans y prendre garde, le vent,
la pluie et le soleil. Il parlait peu, mais chacune
de ses paroles laissait un souvenir. Dans les haltes,
on le voyait s'asseoir à l'écart, relire des lettres ou
se promener en murmurant des phrases cadencées
dont le sens échappait à ses rustiques compagnons.
Enfin il possédait cette merveilleuse faculté de dé-
doubler son esprit pour le partager entre plusieurs
préoccupations. On l'avait vu, dans le même instant,
donner un ordre, écouter un rapport et écrire un

7.

billet, sans que sa pensée en parût ralentie ou troublée.

Ajoutez à tant de dons l'irrésistible puissance du mystère ! On ne connaissait ni ses retraites, ni ses ressources, ni ses moyens de communication. Il paraissait et disparaissait comme ces champions des romans de chevalerie que l'on voyait arriver la visière baissée, enlever tous les prix du tournoi, puis s'éclipser dans un nuage de poussière. Aussi toutes les suppositions avaient-elles été épuisées à son sujet. Après lui avoir successivement attribué les noms les plus connus de la Vendée, on commença à répéter tout bas celui du duc d'Enghien. Il venait, disait-on, pour reconnaître le pays, en étudier les forces et préparer l'arrivée du comte d'Artois, espèce de messie politique toujours promis aux royalistes et toujours vainement attendu.

Vrai ou faux, un pareil bruit donnait à M. Jacques l'autorité du rang qui manquait à *Jambe-d'Argent* pour discipliner la chouannerie. Ce dernier lui demanda une entrevue. Le rendez-vous devait avoir lieu au château de Champ-Fleuri, près de Laval.

Arrivé à la grande avenue, Treton, qui avait avec lui deux de ses gens, *la France* et *Sans-Peur*, s'arrêta tout à coup près de la barrière. Il était pâle, ému et semblait hésiter. Ses deux compagnons lui demandèrent à quoi il pensait.

— Je pense, répondit *Jambe-d'Argent*, que le sort des paroisses va dépendre de ce que décidera M. Jacques, et que je ne saurai peut-être pas lui expliquer ce que je comprends, car les idées ressemblent aux coups de fusil, pour qu'elles portent, ce n'est pas tout de faire feu, il faut encore viser. Aussi j'ai un poids sur le cœur en pensant à la grandeur de ce que je vais faire et au peu que je suis.

— Allons donc ! répondirent les chouans, qui ne comprenaient pas ces angoisses d'une grande conscience, n'es-tu pas le plus fin gars de ce côté-ci de l'eau ? Tu parleras bien, et, avec l'aide de Dieu, M. Jacques sera content.

—Oui, avec l'aide de Dieu ! reprit vivement Treton ; il ne faut pas désespérer tant qu'il est pour nous.

Et il se remit en marche vers le château.

Ses craintes ne devaient point, du reste, se réaliser. M. Jacques comprit son plan et l'adopta avec chaleur. Il fut décidé entre eux que chaque bande resterait sur sa paroisse sous le commandement du capitaine qu'elle s'était choisi, mais qu'un chef suprême imprimerait l'unité à la guerre en dirigeant les efforts partiels et les réunissant au besoin. Un service régulier devait être établi pour les dépêches; on disperserait dans les bois et dans les closeries des dépôts de vivres et de munitions; les pâtres devaient servir de guetteurs, les mendiants d'espions, les femmes de messagers. On désigna des quartiers généraux auxquels furent donnés de nouveaux noms pour dérouter les bleus. *Jambe-d'Argent* choisit la métairie du *grand Bordage*, qu'il appela le *camp des hauts Prés*. Ce fut là qu'il se rendit pour organiser l'insurrection d'après le plan convenu. Son premier soin fut de préparer dans la métairie une retraite aux prêtres fugitifs, aux femmes proscrites et aux blessés. Il ménagea, pour cela, dans les litières de l'étable, amoncelées, selon l'usage, contre le pignon, un vide d'environ dix pieds, garni de planches. Ce réduit communiquait, à travers le mur, avec une seconde cachette plus vaste, ménagée au centre du grenier à foin. Le jour et l'air arrivaient pâr le haut. Ces deux retraites furent établies avec tant d'adresse, que les bleus fouillèrent vingt fois la métairie du *grand Bordage* sans pouvoir rien dé-couvrir.

Ces précautions prises et la moisson achevée, l'agitation recommença partout. Malgré la mort du jeune la Raitrie, la rive droite de la Mayenne resta soulevée. Le Comte occupait les environs de Craon et d'Athé ; Fortin se montrait vers Lassay ; trois déserteurs, connus sous les surnoms de *Ro-chambeau,* de *Custines* et de *Lafayette,* tenaient les bleus en échec dans la paroisse de la Chapelle-au-Ribou ; les frères Lasseux formaient une bande près d'Ernée, et M. Duboisguy n'avait pas quitté la forêt de Fougère. Quant au Bas-Maine, Coquereau était revenu dans la campagne de Château-Gon-thier ; Garot, *Branche-d'Or,* *Francœur,* soule-vaient leurs villages, et les frères Chouan défen-daient toujours le bois de Misdon. Tout se prépara pour associer ces éléments de révolte et pour en assurer la continuité. Jusqu'alors, la chouannerie du Maine n'avait été qu'une sorte de braconnage où les bleus remplaçaient le gibier ; elle allait enfin devenir une guerre.

La première entreprise importante fut contre le bourg d'Astillé, défendu par un fort détachement républicain. *Jambe-d'Argent* convoqua pour cette expédition tous les chefs de bande qui purent être avertis. Sa troupe, forte d'environ six cents hommes, fut partagée par lui en deux colonnes inégales. La première, moins nombreuse, devait tourner le bourg et attendre, pour se montrer, l'attaque de la seconde, dont il prit lui-même le commandement. Il cerna d'abord un petit hameau placé sur la route. Cinq soldats républicains qui y furent surpris proposèrent de décider la garnison d'Astillé à se rendre sans combat ; mais il n'était déjà plus temps. La première colonne avait commencé le feu malgré les ordres de *Jambe-d'Argent*, qui accourut au bruit de la fusillade. En arrivant, il trouva que les bleus s'étaient retranchés dans l'église et s'y défendaient avec avantage. Ses compagnons, voyant que quiconque voulait approcher était infailliblement atteint, se précipitèrent dans les maisons, d'où ils croyaient pouvoir tirer sur l'ennemi avec moins de danger; mais alors les habitants, effrayés, prirent la fuite au milieu des balles qui se croisaient, et, en un instant, la place fut couverte de femmes éperdues, de morts et de blessés, dont les cris empêchaient de faire entendre aucun commandement.

Jambe-d'Argent, qui avait espéré enlever par surprise le poste républicain, comprit que la précipitation et la désobéissance de son avant-garde avaient tout compromis. La fusillade, entendue des cantonnements voisins, allait les attirer sur Astillé. En prolongeant l'attaque, on s'exposait à être enveloppé. Il ne restait plus d'espoir que dans l'intervention proposée par les cinq prisonniers faits au hameau de La Porte. Il les demanda à la hâte; mais, dans ce moment même, ceux qu'il avait préposés à leur garde accoururent, pâles d'horreur, en criant que *Mousqueton* venait de les égorger. Il n'avait voulu écouter ni les représentations des chouans, ni les prières de ces malheureux qui lui demandaient grâce; il les avait sa-

brés tous cinq, les mains jointes et à genoux.
Lui-même parut dans ce moment. Il accourait de
son pas inégal, le visage marbré par le sang des
victimes, ses yeux louches enflammés d'un délire
sauvage, et poussant ces cris de bête fauve qui le
faisaient reconnaître entre tous. Il venait de découvrir un amas de fagots qu'il montrait à ses
compagnons.

— Vite, vite, criait-il, dressez les bourrées et
apportez le feu.

— Que veux-tu faire? demanda Treton.

— Brûler l'église, dit *Mousqueton*, pour que *les
bleus changent de couleur et deviennent rouges*.

Les chouans répondirent par une acclamation et
coururent aux fagots. *Jambe-d'Argent*, déjà ému
du meurtre des prisonniers, se sentit saisi de pitié
pour les malheureux qu'on allait brûler. Il s'é-
lança vers ses gens, auxquels il défendit de passer
outre. Une réclamation générale s'éleva.

— C'est le seul moyen, répétaient toutes les
voix; tu ne peux nous empêcher de combattre les
patauds; ce serait une honte à toi de les défendre.

Et les fascines continuaient à s'entasser; déjà

elles touchaient le toit ; vingt torches de paille venaient de s'allumer et allaient y mettre le feu. *Jambe-d'Argent* arma son fusil.

— Eh bien ! s'écria-t-il, aucun de vous n'approchera sans avoir les deux pieds dans mon sang, car il faudra me tuer avant de pouvoir dire qu'une troupe que je commande a mis le feu à l'église où j'ai été baptisé.

Ces mots troublèrent les chouans ; ils se regardèrent avec hésitation. Le souvenir invoqué par Treton était précisément le seul qui pût agir sur ces imaginations naïves.

— Au fait, c'est là qu'il est devenu chrétien, se dirent-ils l'un à l'autre.

Et, malgré eux, saisis de respect, ils éteignirent les torches sous leurs sabots et s'éloignèrent lentement.

Dès le soir même, les républicains évacuèrent Astillé avec leurs blessés. Un seul ne les suivit pas. C'était un jeune soldat atteint d'une balle à la poitrine dès les premiers coups de fusil tirés par l'avant-garde royaliste, et qui, n'ayant pu gagner l'église, était allé tomber devant le seuil d'une pauvre fileuse nommée Madeleine. Au milieu des décharges de mousqueterie et des cris de terreur poussés par les fuyards, Madeleine avait entendu les plaintes du blessé. Elle entr'ouvrit la porte et le vit qui se tordait dans une mare de sang. Ses yeux se remplirent de larmes.

— Jésus! voyez ce pauvre malheureux qui va trépasser faute de secours, dit-elle à sa sœur.

— Au nom de Dieu! refermez l'huis, Madeleine, répliqua celle-ci épouvantée; si les gars voyaient que vous avez pitié d'un bleu, ils viendraient nous massacrer.

Madeleine repoussa la porte; mais les plaintes du soldat lui arrivaient toujours pendant les pauses de la bataille, seulement elles allaient s'affaiblissant. Le cœur de la courageuse fille se révolta.

— On ne peut pourtant pas laisser ainsi à l'abandon une créature du bon Dieu, dit-elle. Cachez-vous, ma sœur, puisque vous craignez de mourir; pour moi, je sauverai le blessé, si la Vierge le permet.

A ces mots, elle rouvrit la porte sans hésiter, traversa la rue sous une grêle de balles et arriva au soldat, qu'elle s'efforça de soulever; mais c'était un fardeau trop lourd pour ses forces. Elle revint alors prendre deux écheveaux du chanvre qu'elle avait filé, les passa sous les bras du mourant, et put le traîner ainsi jusque dans sa cabane, où, malgré son épouvante, sa sœur l'aida à le panser. Après le départ des républicains, quelques voisins de Madeleine, qui voulaient se faire bien venir des chouans, allèrent la dénoncer à *Jambe-d'Argent*.

— Sur mon salut, s'écria-t-il, quand on lui eut tout raconté, voilà une femme que je voudrais avoir pour sœur !

— Mais le bleu qu'elle a sauvé ? reprirent les dénonciateurs déconcertés.

— Je me charge de lui, répondit Treton.

Il envoya en effet, dès le soir même, un de ses compagnons, le *Grand-Chasseur*, qui plaça le blessé sur un cheval et le conduisit au cantonnement de Cossé.

Quelques jours après, Treton alla attaquer le poste de Parné, qu'il enleva, ainsi que ceux de Fröid-Fond et de Longue-Fuye. La mort de Jean

Chouan avait ajouté à sa bande celle du bois de Misdon ; il se mit en campagne à la tête de cette nouvelle troupe, et força successivement quatorze cantonnements républicains. De son côté, *Francœur* décimait les grenadiers de Meslay, et Coquereau s'emparait de Saint-Laurent et de Cherré. Grâce au plan de *Jambe-d'Argent*, la guerre avait ainsi changé de caractère. Les insurgés, jusqu'a-lors traqués dans les bois, en sortaient à leur tour pour assiéger les patriotes dans leurs villages.

Malheureusement quelques gentilshommes, chefs de bande, restaient en dehors du mouvement. Dédaignant de se mêler à ces paysans qui combattaient sans attendre leurs ordres, ils continuaient à prouver leur dévouement par de ridicules intrigues et de plus ridicules espérances. L'un d'eux, qui habitait le district où commandait Louis Treton, après avoir embauché à prix d'or les chouans les plus aguerris des bandes voisines, s'en était formé une garde personnelle uniquement employée à défendre son château. *Jambe-d'Argent*, averti qu'il enlevait à l'insurrection ses meilleurs soldats, voulut le voir. Il se rendit chez lui avec son frère et un autre chouan nommé Priou. Le gentilhomme donnait précisément à dîner et venait de se mettre à table avec sa compagnie. Il n'y avait là que de nobles dames en grande parure, des émigrés revenant de chercher la France en Allemagne, et quelques abbés chargés, comme dans le bon temps, de chanter au dessert *Bacchus et l'Amour*. On fit entrer les trois chouans sans que personne se dérangeât. *Jambe-d'Argent*, qui voulait éviter un débat devant témoins, demanda s'il ne pouvait parler seul au maître.

— C'est moi, tu n'as qu'à dire ce qui t'amène, répondit le gentilhomme.

— Je dirai donc, reprit *Jambe-d'Argent*, que je viens pour vous rappeler à votre devoir.

Et comme tout le monde avait relevé la tête avec surprise, il expliqua la nécessité de l'insurrection, reprocha au gentilhomme son inaction, et l'avertit de ne plus occuper à la seule défense de ses plaisirs des gens indispensables à la défense des paroisses. Les nobles convives avaient écouté, stupéfaits et indignés ; quant au maître du château, il ricanait en émiettant un petit pain de froment, luxe inouï pour l'époque, et en jetant ses débris à une grande levrette couchée à ses pieds. Quand Treton eut achevé, il regarda sa compagnie :

— Voilà où nous en sommes, messieurs, dit-il avec une ironie hautaine ; la révolution a gâté jusqu'à nos campagnes, et la noblesse n'a plus à choisir qu'entre la scélératesse des républicains bleus ou l'insolence des républicains blancs. Heureusement que les premiers n'osent venir ici, et que je puis faire jeter les seconds à la porte.

Il avait avancé la main vers une sonnette d'argent placée devant lui ; Treton changea de couleur, et ses yeux s'allumèrent.

— Le maître d'ici n'a pas réfléchi à ses paroles, dit-il en se contenant avec peine ; j'attends sa réponse...

— Tu vas la connaître, interrompit le châtelain, qui avait sonné.

— Prenez garde à ce que vous allez faire, reprit le chouan, dont la patience était à bout.

— Chassez cet homme, dit le noble en s'adressant aux valets qui venaient d'entrer.

Jambe-d'Argent recula d'abord comme étourdi ; puis, sa colère faisant explosion :

— Ah ! malheureux ! s'écria-t-il, puisque tu as oublié que cet homme était ton chef, tu lui rendras raison comme à ton égal.

Et, hors de lui, il se précipita le sabre à la main vers le gentilhomme. Son frère, effrayé, le saisit à deux bras, mais, fou de colère, il ne le reconnut point et le frappa à la tête du pommeau de son sabre. Ce fut seulement au cri poussé par Pierre qu'il baissa les yeux, vit couler le sang et comprit ce qu'il avait fait. A l'instant même, toute sa fureur tomba et fit place à une douleur désespérée. Il entraîna le blessé à l'écart, étancha son sang et le serra dans ses bras en lui demandant pardon de sa violence. Enfin, quand il se fut assuré que le coup porté était sans danger, il se retourna vers le gentilhomme, que l'on engageait en vain à se retirer.

— Monsieur n'a plus rien à craindre de moi, dit-il, Dieu m'a trop puni d'avoir pris garde à ses injures. Il peut continuer désormais à se divertir librement avec la noblesse, tandis que nous autres, pauvres gens, nous nous battrons pour elle.

Et, sortant sans rien ajouter, il regagna le camp des *hauts Prés.*

Ce qui venait de se passer lui prouvait encore mieux la nécessité d'un chef supérieur dont l'autorité ne fût point entachée de roture. Par malheur, M. Jacques, dont il devait faire agréer la nomination par les chefs des deux rives, avait subitement disparu. On l'avait vu pour la dernière fois longer les prairies de Chailland au galop de son cheval, traverser la Mayenne et s'enfoncer dans les bois de Montsurs. Depuis il ne s'était plus remontré, et toutes les recherches pour retrouver ses traces avaient été inutiles. *Jambe-d'Argent* se décida à le faire nommer sans attendre son retour, et donna en conséquence rendez-vous à tous les chefs de bande de la rive droite près de l'étang de *la Ramée ;* mais les républicains furent avertis de ce mouvement par l'imprudence ou la trahison d'un messager. En arrivant au lieu convenu, Treton y rencontra un premier détachement de bleus qu'il extermina après trois heures de combat. A peine avait-il eu le temps de relever ses blessés, qu'un second détachement parut. La lutte, cette

fois, fut plus longue, mais se termina encore à l'a-
vantage des chouans. Enfin, au moment où ceux-
ci reformaient leur bande dispersée, un troisième
détachement se présenta à l'improviste et ne se retira qu'après avoir perdu une vingtaine d'hommes.

Ces engagements successifs s'étaient prolongés
jusqu'au soir. Les chouans, qui tombaient de lassitude et de faim, ne songeaient plus qu'à trouver
une retraite lorsqu'une colonne de cinquante patriotes les atteignit en vue des bois de la *Chapelle
du Bourg-le-Prêtre*, et recommença l'attaque. La
partie était, cette fois, trop inégale. *Jambe-d'Argent* ordonna à ses gens de se jeter derrière les
buissons et de gagner le fourré, tandis qu'il restait
en arrière pour rallier les traînards et occuper l'ennemi; mais, presque à la lisière du bois, une balle
l'atteignit au moment où il faisait face aux bleus,
lui laboura la poitrine et sortit par-dessous son
épaule. En le voyant tomber tous les chouans s'arrêtèrent.

— Ce n'est qu'un homme mort, dit *Jambe-d'Argent*, qui vomissait des flots de sang; sauvez la
bande et laissez-moi.

— Non pas, s'écria Priou ; nous avons été ensemble tout petits, et, s'il plaît au bon Dieu, nous mourrons le même jour. Que les autres *amusent* un peu les *pataud*s, moi je me charge de t'emmener.

Et, enlevant *Jambe-d'Argent* dans ses bras, il courut avec lui jusqu'au fourré, où les bleus cessèrent de les poursuivre.

Le soir même, Treton fut transporté dans la métairie des Gennétés, tandis que des messagers partaient pour chercher un prêtre et un médecin. Le médecin vint sur-le-champ, examina la blessure, et déclara qu'elle n'était point mortelle ; mais le prêtre sur lequel on comptait se trouva absent. On s'adressa à un second, vieux et malade, qui ne put quitter sa retraite, puis à un troisième qui eut peur. Enfin, de proche en proche, on arriva jusqu'à *M. le Bon*. Ses convictions et son ministère lui faisaient un devoir d'accueillir la prière qui lui était adressée ; il prétexta une visite à des parents afin de ne pas effrayer sa mère, et suivit le messager.

III

Manière dont on conduit M. *le Bon* près de *Jambe-d'Argent.* — Campement de Chouans. — On retrouve M. Jacques. — Un mariage dans les ruines. — L'épouse mystérieuse.

Mon guide, me dit le vieux curé, était un mendiant perclus de la jambe droite, qui se traînait péniblement sur un seul pied. Je pensai que le voyage serait singulièrement prolongé par les lenteurs d'un pareil compagnon ; mais à peine fûmes-nous à la lisière des taillis qu'il releva sa béquille et se mit à marcher devant moi d'un pas leste. Nous atteignîmes ainsi, en peu de temps, une petite closerie où il annonça son arrivée par l'espèce de psalmodie qu'emploient les Poitevins et *Mainiaux* pour *arauder* (1) leurs bœufs. Presque aussitôt une femme sortit, échangea avec lui quelques paroles,

(1) Dans le Poitou et dans le Maine, on chante aux bœufs, lorsqu'ils tirent la charrue, une sorte de complainte qui, au dire des paysans, les excite et les encourage. C'est ce qu'on appelle *arauder.*

puis rentra. Lorsqu'elle reparut, son nouveau costume et sa démarche lui donnaient toutes les apparences de la grossesse.

— Il y a ici près des postes républicains qui auraient pu me reconnaître et nous arrêter, me dit alors mon guide ; mais ils ne vous diront rien quand ils vous verront avec une *tête blanche* qui va devenir nourrice. Ayez soin seulement de regarder les bleus en face quand vous passerez et de ne point presser le pas.

Je suivis le conseil, et nous arrivâmes sans difficulté à une friche où ma conductrice ne remit aux soins d'un enfant occupé à fabriquer des sifflets d'écorce de frêne. Celui-ci me conduisit, à travers champs, jusqu'à la porte d'un moulin, où il me laissa après avoir fait entendre un certain nombre de sifflements cadencés. Un garçon meunier arriva alors avec sa corde et sa faucille, comme pour couper de l'herbe, me fit signe de le suivre, et nous descendîmes ensemble vers les prairies. Mais nous rencontrâmes peu après un émondeur avec lequel mon guide échangea quelques mots qui lui firent rebrousser chemin. Arrivé à une petite auberge isolée, il me confia à un charbonnier, qui prit encore une autre direction. Il était évident que *Jambe-d'Argent*, poursuivi par les bleus, avait été forcé de quitter les Gennétés, et que nous errions à sa recherche. Enfin, après plusieurs nouveaux changements de conducteurs et beaucoup de détours, nous arrivâmes, le soir, à un *placis* au milieu duquel s'élevait une cahutte de sabotier. C'était là que le blessé venait d'être transporté.

Je le trouvai couché dans un coin de la cabane, sur un lit de feuilles sèches recouvert de peaux de chèvre. Il venait de tomber dans un assoupissement léthargique. Je fis signe de ne pas le troubler, et je m'approchai avec émotion. Ses traits n'avaient rien perdu de leur mâle noblesse. Quelques mèches de cheveux, que le sang figé collait à ses tempes, en faisaient seulement ressortir la pâleur. Ses lèvres entr'ouvertes étaient frissonnantes, sa respiration ressemblait à un râle. Je restai quelque temps debout près du lit, effrayé de ces lugubres symptômes; mais peu à peu les voix des chouans, qui s'étaient tus à mon entrée, s'élevèrent de nouveau et finirent par attirer mon attention. Ils étaient

8.

huit ou dix, assis à l'autre bout de la hutte, le sabre sur la cuisse et le fusil entre les genoux. Les
lueurs vacillantes d'un feu de bruyère donnaient
à ce groupe un caractère si étrange, que mon regard s'y arrêta involontairement. Sauf *Cœur-de-
Roi*, je voyais alors tous ces hommes pour la première fois, mais leur conversation me les eut bientôt
fait connaître. A la droite du foyer était *Mousqueton*, accroupi sur ses jambes torses et tenant
par les ailes un roitelet vivant qu'il présentait et
retirait alternativement à un chat fauve. Son œil
hagard suivait tous les efforts du tigre domestique
pour saisir sa proie, et à chaque palpitation, à chaque cri de l'oiseau, un éclat de rire crispait sa face
livide. Saint-Martin, assis devant lui, regardait
d'un air distrait ; rien, dans sa figure vulgaire,
n'annonçait alors l'audacieux meurtrier qui devait
entrer, en plein midi, au bourg fortifié de Mo-
rannes, présenter au commissaire du pouvoir exé-
cutif Millières un billet renfermant ces seuls mots :
Donne ton âme à Dieu, tu vas mourir, et le frapper
de trois coups de poignard avant qu'il eût achevé
de les lire. A ses côtés se tenait *Moustache*, dont

la silhouette énergique se détachait sur la muraille éclairée ; puis le *Grand-Chasseur*, doux et héroïque visage que couronnait une chevelure argentée avant le temps. Derrière eux, Moulins se balançait sur ses hautes jambes nerveuses en jetant à travers l'entretien quelques plaisanteries obscènes, tandis que le Murat de la chouannerie, *Francœur*, orné de plumets, d'oripeaux et de rubans, causait avec *la France*, jeune garçon arrêté quelques jours auparavant à Laval sous un déguisement de paysanne, et qui avait réussi à s'échapper de prison.

Tous parlaient de la blessure de *Jambe-d'Argent* et de la disparition de M. Jacques, qui les laissaient sans direction. *La France* assurait que ce dernier avait été fait prisonnier par les bleus et exécuté à Mortagne ; Saint-Martin racontait qu'il s'était rendu près de M. de Scépeaux, en Anjou, où il avait péri dans un engagement ; enfin *Moustache* affirmait qu'il était mort de maladie dans un château du Haut-Maine et qu'on lui avait montré sa fosse. Bien que contradictoires dans les détails, toutes ces versions s'accordaient sur ce point, que

M. Jacques n'existait plus et que la chouannerie du Maine allait se trouver sans chef.

— Eh bien ! après, dit Moulins, à qui les lamentations de ses compagnons avaient fait hausser les épaules, ne dirait-on pas qu'elle doit en mourir? Ne craignez donc rien, l'étoffe pour général, ça ne manque jamais; si le nôtre est usé, on en fera un autre tout neuf.

— Et le gabelou espère qu'on le taillera dans sa peau? objecta *Francœur* ironiquement.

— Pourquoi donc pas aussi bien que dans la tienne? répliqua Moulins, dont les gros sourcils noirs s'agitèrent; j'ai brûlé de la poudre pour la bonne cause quand tu portais encore l'uniforme des bleus.

— Possible, dit *Francœur,* que la réquisition avait effectivement forcé à servir quelque temps parmi les républicains, mais ta poudre était de la poudre perdue.

— Pourquoi ça?

— Parce que tu tires de trop loin et que ton fusil est chargé à sel.

Cette double allusion à la *prudence* bien connue

de Moulins et aux vols commis dans son premier métier excita un rire général. Le gabelou pâlit. Comme tous les lâches féroces, il avait de ces élans désespérés où la fureur lui tenait lieu de courage. Il se précipita sur son fusil avec une sorte de rugissement; *Francœur* fit un bond en arrière et se trouva de l'autre côté du foyer, le pistolet à la main. On entendit à la fois le craquement des deux batteries qui s'armaient : par un mouvement instinctif, tous les témoins baissèrent la tête.

— Bas les armes! cria tout à coup une voix forte.

Moulins et *Francœur* tressaillirent; leurs yeux se tournèrent en même temps vers le lit du blessé. Il venait de rejeter les peaux de chèvre qui le couvraient : les mains convulsivement cramponnées aux branchages de la hutte, il fit un effort suprême, se redressa d'abord sur les genoux, puis se tint debout.

—Bas les armes! répéta-t-il, en s'avançant entre les deux adversaires d'un pas chancelant.

Tous deux s'écartèrent; le fusil et le pistolet s'étaient abaissés. Treton s'appuya à la cloison de pisé qui formait le foyer. De longues traînées de sang marbraient les bandages qui ceignaient sa poitrine; un frémissement de colère agitait les muscles de son visage.

— Ah ! vous vous disputez déjà le commandement, dit-il d'un accent saccadé; qui donc vous a promis ma mort? M'avez-vous déjà creusé un trou dans la terre? Ah! c'est toi, Moulins, et toi *Francœur* qui voulez me remplacer! Eh bien! voyons ce que vous savez faire : allons ensemble chercher les bleus. Vite, vite, un fusil; amenez-moi un cheval! Je veux que l'on voie qui mérite d'être le chef ici !

La voix de *Jambe-d'Argent*, forte d'abord, était devenue entrecoupée et confuse; sa tête semblait flotter ; il voulut se détacher du mur et glissa dans les bras de *Moustache*. Je le fis porter sur son lit de feuilles, je m'assis à terre près du chevet, et je m'efforçai de l'apaiser par de douces paroles. Il me regarda fixement, me reconnut, et, à l'instant, ses idées prirent une nouvelle direction. Je lui parlais sans suite, mais avec une tendresse qui suppléait à l'éloquence. Son cœur s'ouvrit à mes exhortations, à mes encouragements ; il voulut se confesser à moi et écouta mes conseils avec la soumission d'un enfant.

Les chouans avaient quitté la hutte l'un après l'autre, pour laisser plus de liberté à cet épanchement réciproque. Notre entretien, prolongé par les ressouvenirs des jeunes années, ne paraissait point encore près de finir quand il fut interrompu par un bruit de pas et un murmure de voix. *Jambe-d'Argent* redressa la tête avec inquiétude. Tout à coup la claie qui servait de porte fut repoussée avec violence, et un homme, en costume de gendarme, se précipita dans la hutte.

— *Place-Nette !* s'écria le blessé.

— J'arrive à temps répliqua le chouan, qui haletait et avait perdu son chapeau ; vite, mon Louis, lève-toi, voici les bleus !

— Les bleus ! répéta Treton, dont les traits se ranimèrent, donne-moi ton fusil !

— Non, non, interrompit *Place-Nette* qui se dépouillait à la hâte de son déguisement ; nous avons le temps de partir, et ils trouveront le nid sans la couvée. Pierre va t'amener un cheval.

Tâche seulement de raffermir ton cœur jusqu'au *Camp-Rouge*, où tu pourras te reposer.

J'aidai *Jambe-d'Argent* à se relever sur son séant et à s'envelopper dans une couverture, tandis que *Place-Nette* nous racontait quel hasard providentiel lui avait fait connaître le projet des bleus. Entré à Laval sous ces habits de gendarme pour acheter de la poudre, il y avait été arrêté par un officier républicain qui avait remis à sa garde un soldat arrivé trop tard au rendez-vous de sa compagnie. Tout en désarmant le *pataud* et en le conduisant à la prison, *Place-Nette* avait appris de lui que le détachement dont il avait dû faire partie allait fouiller les bois où *Jambe-d'Argent* se trouvait caché. Justement effrayé, le chouan avait aussitôt quitté la ville en courant et s'était jeté dans des chemins de traverse qui lui avaient permis de devancer les bleus (1). Le cheval que l'on était allé

(1) Cette anecdote, connue de tous les chouans du Maine, n'est pas, à beaucoup près, la plus extraordinaire que nous ayons entendu raconter. A cette époque de désordre, le romanesque et l'inouï semblent avoir été la règle ; le vraisemblable était l'exception. Au milieu des perpétuels mouvements des troupes républicaines, des arrivées journalières de nouvelles recrues et de

chercher pour le blessé arriva presque aussitôt ;
on l'y plaça avec précaution, son frère prit la bride,
et tous deux s'éloignèrent.

Le reste de la bande achevait également ses préparatifs de départ, mais avec une lenteur qui prouvait le découragement du plus grand nombre.
Pendant que *Moustache, la France* et le *Grand-
Chasseur* prenaient la même direction que *Jambe-
d'Argent,* les autres se consultaient à demi-voix,
et chacun ouvrait un avis différent. Moulins parlait de rejoindre Coquereau, *Francœur* et *Mousqueton* voulaient repasser la Mayenne, Saint-Martin proposait de gagner l'Anjou, où il connaissait

changements d'officiers, ceux-ci ne pouvaient connaître leurs soldats, qui ne se connaissaient point davantage entre eux. Les déguisements étaient donc faciles aux chouans, et ils en usèrent
avec une incroyable audace. *La Déchaffre,* de la division Taille-
fer, entrait à Laval chaque semaine, habillé en garde national,
et achetait des cartouches aux soldats dans tous les cabarets.
Tranche-Montagne se rendait au spectacle dans la même ville, et
prenait place au milieu des officiers qu'il avait combattus la
veille ; Alexandre Billard la traversait enfin, en plein midi, sous
un costume de veuve, et allait acheter des pistolets chez un ar-
murier. Beaucoup d'autres se déguisèrent en jeunes paysannes,
comme *la France,* ou en vieilles femmes, comme *Miélette,* et
presque tous réussirent à tromper la surveillance des républicains.

plusieurs, chefs. Planchenault, dit *Cœur-de-Roi*, était resté seul à l'écart et étranger à ce débat. Les deux mains appuyées sur le canon de son fusil, il regardait et écoutait tout d'un air sombre.

— La bande va-t-elle se disperser ainsi, au lieu d'attendre le rétablissement de *Jambe-d'Argent?* demandai-je étonné.

— Monsieur l'abbé le voit, répondit Planchenault brusquement.

— Personne n'a donc assez d'autorité sur eux pour les retenir?

— Personne, si ce n'est M. Jacques!

— Et il est mort?

— Mort! reprit *Cœur-de-Roi* pensif, c'est à savoir.

— Auriez-vous quelque nouvelle de lui? demandai-je vivement.

Il fut un instant avant de répondre, puis il me regarda en face.

— Quand j'en aurais, dit-il, que pourrais-je faire maintenant?

— Mais... l'avertir de ce qui se passe!

Il secoua la tête.

— C'est un devoir de conscience, ajoutai-je avec plus d'insistance.

— Alors c'en serait également un pour monsieur l'abbé ? dit-il.

— Si je savais ce que vous semblez savoir...

— Monsieur l'abbé remplirait ce devoir ?

— Sans doute !

— Qu'il vienne donc avec moi ! s'écria le chouan, qui se redressa ; aussi bien, tout ce que je pourrais dire serait inutile, tandis que vos paroles changeront peut-être bien des choses. Si quelqu'un doit *ressusciter* M. Jacques, ce ne peut être qu'un prêtre.

— Partons alors, répliquai-je.

— Allons, dit *Cœur-de-Roi*, à la garde du bon Dieu !

Et, jetant son fusil sur l'épaule, il marcha devant moi.

En atteignant la lisière du bois, nous entendîmes distinctement les pas cadencés du détachement qui se dirigeait vers le *placis*. Mon guide et moi, nous nous enfonçâmes davantage dans le fourré, et, au bout d'une heure de marche parmi les halliers, nous atteignîmes un chemin creux dont nous suivîmes la berge. Je voulus alors interroger *Cœur-de-Roi;* mais il éluda toutes mes demandes, en répétant que c'était à M. Jacques à me répondre et qu'il faisait déjà trop en me conduisant à sa retraite. Je ne voulus pas violenter cette conscience combattue, et je me laissai guider sans nouvelles questions. Engagé, un peu à la légère, dans une entreprise dont j'ignorais les difficultés, je n'éprouvais pourtant ni regret, ni hésitation. J'avais cette foi des cœurs de bonne volonté, dont la première force est l'inexpérience. Inconnu de M. Jacques, étranger jusqu'alors à tous ses projets, je venais m'entremettre sans crainte, comme si la conscience de ma sincérité suffisait pour y faire croire. Don charmant de la jeunesse, qui ne peut voir les hommes qu'à travers elle-même !

Tout en cheminant, je cherchais pourtant à deviner quelles causes pouvaient obliger le jeune chef royaliste à se cacher si soigneusement. Avait-il été gagné par le découragement? voulait-il échapper à la proscription? la maladie le tenait-elle enchaîné? Mon imagination se perdait en suppositions que ma raison détruisait aussitôt. Enfin,

après une marche longue et difficile, nous aperçûmes un manoir en ruine enfoui dans les taillis. *Cœur-de-Roi* ralentit le pas, et me dit : —
C'est là!

Je regardai avec surprise. Le toit était entr'ouvert, les volets pendaient à leurs gonds presque
arrachés, la cour était tapissée d'herbes parasites,
et une hirondelle avait bâti son nid au coin de la
porte d'entrée. Je cherchais en vain, au milieu de
ces témoignages de solitude et d'abandon, une
trace d'habitation récente. *Cœur-de-Roi*, qui me
devina, suivit quelques instants la clôture du jardin, franchit une brèche, et nous nous trouvâmes
devant une façade intérieure que l'on ne pouvait
voir du dehors. De ce côté, le délabrement était
moins sensible ; mais rien encore n'annonçait la
présence d'habitants. Mon compagnon me pria
d'attendre, et se dirigea vers un petit bâtiment
isolé, d'où il ressortit bientôt, suivi d'une vieille
femme avec laquelle il entra au manoir. J'attendis
longtemps sans le voir reparaître ; ce fut enfin la
vieille femme qui revint et me fit signe de la suivre. Nous montâmes un escalier qui tremblait

sous nos pas, et, après avoir traversé plusieurs chambres dont la nudité annonçait l'abandon, nous arrivâmes devant une porte à laquelle ma conductrice frappa avant d'ouvrir. J'entendis aussitôt un murmure de voix, un pas léger qui se précipitait, et, au moment où j'entrai, une petite porte, placée vis-à-vis de celle que je venais de franchir, se referma rapidement. Mon arrivée avait évidemment mis quelqu'un en fuite.

La pièce dans laquelle je me trouvais formait, du reste, avec celles que j'avais traversées un contraste dont je fus d'abord frappé. Elle était tapissée de haute lisse, meublée à la Louis XIV et garnie de portraits de famille remontant jusqu'aux croisades. Une pendule d'ébène incrusté ornait la muraille, et la vaste cheminée en marbre rouge était surchargée de porcelaines de Saxe.

J'étais resté sur le seuil, involontairement arrêté par cet aspect inattendu; M. Jacques s'avança à ma rencontre. Il portait son pittoresque costume de velours que serrait à la taille une écharpe de soie blanche. Ses traits étaient beaux, mais altérés par une pâleur fébrile. Il me souhaita la bienvenue

avec un peu d'effort, et m'invita de la main à
m'asseoir.

Tout ce qui m'arrivait était si nouveau, que j'a-
vais besoin de quelques instants pour me reconnaître. Je gardai d'abord le silence ; ce n'était ni
embarras ni crainte, mais la lenteur involontaire
d'une curiosité qui se satisfait. J'assistais, pour
ainsi dire en spectateur, à ma propre situation, et
je m'y oubliais. M. Jacques m'arracha à cette mé-
ditation en me rappelant que *Cœur-de-Roi* m'avait
annoncé comme porteur de graves nouvelles. Ramené au but de mon voyage, je lui appris alors
la blessure de *Jambe-d'Argent*, la dispersion de sa
bande et quels dangers menaçaient l'insurrection, si une volonté puissante ne venait empêcher
les divisions et arrêter le découragement. Je
parlai longtemps, car le jeune chef écoutait
sans m'interrompre et sans faire un mouvement.
Surpris enfin de cette impassibilité, je le regardai :

— Peut-être doutez-vous de mes lumières ou de
ma sincérité ? ajoutai-je, mais vous pouvez facile-
ment vérifier...

— Non, je vous crois, répondit froidement M. Jacques.

— Et vous ne voyez aucun moyen de relever ces courages qui attendent un chef?

— A quoi bon? qu'importe, après tout, à des laboureurs et à des pâtres la couleur du drapeau qui flotte sur nos villes? comprennent-ils seulement ce qu'ils attaquent, ce qu'ils défendent? Quand la révolution est venue, ils ont tiré sur elle par peur du nouveau, de l'inconnu, comme, dans les temps d'orage, ils tirent sur les nuées afin de les dissiper; mais la nuée a crevé en grêle et en tonnerre : le plus sage désormais est de rentrer pour chercher un abri.

— Et c'est vous qui dites cela! m'écriai-je stupéfait, vous qui leur avez mis les armes à la main, vous dont ils défendent la cause, puisque vous êtes gentilhomme...

J'hésitai.

— Achevez, dit M. Jacques avec un peu d'ironie; pourquoi ne pas dire : Vous qui êtes prince? Je le vois, monsieur, vous aussi vous avez ajouté foi aux suppositions de nos crédules paysans. Le mys-

tère dont j'ai dû m'entourer pour ne point com-
promettre ma mère et mes sœurs, vous lui avez
donné une intention plus profonde ; vous me
croyez le précurseur du comte d'Artois ! Permettre
plus longtemps une pareille erreur serait en faire
un mensonge. Sachez donc la vérité tout entière,
monsieur. Je me nomme Jacques de la Mérozières,
et je ne suis qu'un obscur et pauvre gentilhomme
de Brissarthe en Anjou.

— Pardon, repris-je vivement ; vous êtes de plus
l'espérance et le lien de l'insurrection dans le
Maine. C'est vous qui lui avez donné une direction,
qui lui avez soufflé une âme. Croyez-vous donc
qu'un chef puisse abandonner les cœurs qu'il a
enflammés comme nos bergers abandonnent le
feu de bruyère allumé au coin d'une douve ? Si les
hommes simples, encouragés par vous à la révolte, ne comprennent point les principes qu'ils
défendent, vous, du moins, vous les comprenez,
vous les aimez...

— Qu'en savez-vous ? interrompit-il brusquement.

— N'avez-vous point combattu ?...

— Qui vous dit que ce soit pour des principes ?

— Et pourquoi donc alors ?

— Mon Dieu! peut-être seulement pour combattre, reprit-il avec un sourire singulier ; la lutte
exerce la volonté et fait circuler le sang plus vite...
Peut-être aussi avais-je espéré quelque récom-
pense... impossible ! car qui vous dit enfin, monsieur, que je sois un homme de principe plutôt
qu'un fou emporté par une de ces passions qui
fournissent des thèmes à vos prônes ? ne puis-je
pas avoir cédé à l'ambition, au désir de la gloire?
ou bien... si j'ai voulu faire redire mon nom par
tant de gens, c'était peut-être pour qu'une seule
personne l'entendît. Il y a de ces délires, monsieur:
on arrive parfois à prendre le monde pour un désert où vit un seul être auquel on rapporte tous ses
efforts. Uniquement occupé de lui plaire, on brû-
lerait l'univers pour lui faire un feu de joie ; puis,
un jour, on s'aperçoit que tout est inutile et qu'on
s'agenouille en vain devant un cœur fermé.

La voix de M. Jacques avait un accent d'emportement et de reproche qui semblait être le retentissement de quelque récent orage. A mesure qu'il

parlait, elle s'était élevée, comme s'il eût voulu la faire entendre à un invisible témoin.

— Ainsi. repris-je un peu troublé de sa révélation inattendue, vous renoncez à tout ce que vous aviez entrepris, et les royalistes ne doivent plus vous attendre ?

— Non, répliqua-t-il, mon rôle est achevé. Qu'irais-je porter à ces braves gens ? L'indifférence et le doute ? Ils n'ont pas besoin de moi pour apprendre que tous les dévouements sont vains ; l'avenir le leur enseignera. Vous m'avez dit qu'ils me croyaient mort, monsieur ; confirmez-les dans cette croyance ; vous ne les tromperez pas, car le M. Jacques qu'ils ont connu, si chaud d'enthousiasme et d'espoir, a véritablement cessé d'exister ; celui qui reste n'est qu'un cadavre vivant qui aura lui-même bientôt disparu, puisque dans quelques instants je quitterai la France pour n'y plus revenir.

En prononçant ces derniers mots, il tendit machinalement la main vers un manteau jeté sur le dossier d'un fauteuil ; mais la petite porte que j'avais déjà remarquée à mon arrivée s'ouvrit alors vivement, et une jeune femme se présenta. Elle était vêtue de deuil, jeune encore et d'une beauté souveraine. Sans prendre garde au mouvement de surprise que je n'avais pu retenir, elle s'arrêta devant M. Jacques.

— Vous ne partirez pas, dit-elle d'un ton bref, votre honneur vous le défend; je ne le permettrai pas.

Et comme le jeune chef voulut l'interrompre, elle continua précipitamment :

— Écoutez-moi, Jacques. Vous avez calomnié mes hésitations, mais je vous le pardonne; la douleur n'est pas responsable de ses injustices. Vous refusez de vous rendre à mes prières; eh bien! moi, je cède aux vôtres !

— Vous, Armande! s'écria M. Jacques, qui recula comme ébloui.

— J'aurais voulu vous laisser tout le mérite d'un pur dévouement, reprit-elle; mais, puisqu'il vous faut, dans cette lutte, un intérêt et une affection à défendre, vous l'aurez.

Et se tournant vers moi, elle ajouta avec résolution :

— Monsieur bénira aujourd'hui notre mariage.

Je n'eus point le temps de répondre. M. de la Mérozières, hors de lui, venait de tomber aux genoux de la jeune femme, dont il couvrait les mains de baisers. Elle s'efforça d'apaiser ces transports avec un embarras impatient et douloureux; mais il n'y prit point garde. Étourdi de bonheur, il était incapable de rien juger. Les explications indispensables pour autoriser l'exercice de mon ministère purent seules arrêter cet épanchement de folle joie. L'orage qui bouleversait alors la France exemptait le prêtre des délais et des précautions exigés dans les jours de calme. Embarqué sur un navire pres de faire naufrage, il relevait directement de Dieu et ne devait chercher de règle qu'en lui-même. Je consultai ma conscience avec sincérité, et, fort de son approbation, je passai outre au mariage.

La cérémonie fut célébrée dans la chapelle, qui n'avait plus de toit et dont les murs tombaient en ruine. Le lieu, le jour, les acteurs, donnaient à cette solennité quelque chose de lugubre. Les deux fiancés s'agenouillèrent devant l'autel de pierre rongé par la mousse; *Cœur-de-Roi* et un autre paysan, appuyés sur leurs fusils, servaient de témoins, tandis que la vieille nourrice, qui avait élevé madame Armande, pleurait à genoux près de la porte. Un vent d'automne sifflait dans les arbres qui ombrageaient la chapelle, et nous couvrait à chaque rafale d'une pluie de feuilles mortes. Quand les nouveaux époux se relevèrent, le visage de M. Jacques était illuminé d'une ivresse triomphante; celui de la jeune femme me parut avoir quelque chose de funeste.

Elle me demanda peu après au manoir. Je la trouvai assise sur une chaise longue près de M. de la Mérozières. Elle voulait savoir de moi dans quel état j'avais laissé l'insurrection. Je lui racontai ce que j'avais déjà dit à M. Jacques, en ajoutant que sa réapparition pouvait seule relever les courages.

—Il partira demain, répondit-elle; il me l'a promis. J'aurais voulu pouvoir le suivre, mais vos paysans ne le permettraient pas; la présence d'une femme dans leurs rangs serait un scandale dont ils demanderaient compte au chef qui l'aurait amenée. Je ne puis me mêler à cette lutte que par la pensée.

Et, reprenant tous les détails que je venais de lui donner, elle se mit à analyser les ressources de la chouannerie, à calculer les bénéfices même de la défaite, à compter toutes les plaies par lesquelles, avant de succomber, l'insurrection ferait couler le sang républicain. Sans illusions sur le résultat définitif, elle cherchait évidemment moins la victoire des siens que les souffrances de l'ennemi. Cette seule pensée faisait étinceler ses yeux et trembler sa voix. En contemplant cette fièvre de colère, je me demandais, tout saisi, d'où pouvaient venir à cette âme de si sombres espérances, et quel trésor la république lui avait ravi pour justifier une pareille haine.

Je pris congé des nouveaux époux le soir même pour me rendre dans une closerie voisine dont le maître mourant avait réclamé ma présence. Après y avoir passé une partie de la nuit en prières et au milieu des lugubres images de l'agonie, je me réfugiai enfin près du manoir, dans un *pailler*, où je m'endormis. *Cœur-de-Roi* ne vint m'y chercher qu'assez tard le lendemain, et en ouvrant les yeux j'aperçus le soleil déjà haut sur l'horizon. Je lui reprochai de ne m'avoir point réveillé plus tôt.

— Que monsieur l'abbé m'excuse, dit-il, j'ai été retenu au manoir.

Je fus frappé de son air soucieux. Je lui demandai s'il était arrivé quelque chose de nouveau; il secoua la tête.

— J'en ai peur, dit-il. Ce matin, en entrant, j'ai trouvé la nourrice qui écoutait tout inquiète au pied de l'escalier; on entendait dans la chambre au-dessus des éclats de voix, des sanglots de femme, des pas précipités; il y avait des pauses, puis le débat reprenait plus fort; enfin la porte s'est ouverte, M. Jacques s'est précipité dans l'escalier sans nous voir; il est monté à cheval et il est parti.

— Et madame Armande? demandai-je.

— Nous l'avons trouvée assise à terre, regardant devant elle avec des yeux égarés. J'ai aidé Marguerite à la porter sur le lit, puis je me suis rappelé que vous m'attendiez, et je suis venu vite.

Nous nous mîmes en route sans rien ajouter. Malgré moi, je retournais à chaque instant la tête vers le manoir, dont les toitures crevassées dé-

croissaient insensiblement derrière les taillis. Je
le vis enfin disparaître, et, longeant plus vite les
lisières du fourré, j'allais atteindre la grande
route, quand un galop retentit à notre gauche.

Au même instant, un cavalier parut du côté des
prairies, emporté de toute la vitesse de son cheval,
qui franchissait les buissons, coupait les ruisseaux
et courait en ligne droite vers le chemin que nous
allions rejoindre. Il traversa le sentier à quelques
pas de nous comme un tourbillon, et disparut dans
un nuage de poussière. Nous avions tous deux reconnu M. Jacques. *Cœur-de-Roi*, qui s'était arrêté
court, se tourna vers moi :

— Avez-vous vu comme il a passé et quel visage
il avait? me dit-il tout troublé; *on croirait qu'il
va chercher le malheur!*

Je ne répondis pas, mais je sentis un frémissement intérieur, car je venais d'avoir le même
pressentiment.

Ce fut celui des chouans eux-mêmes. M. Jacques
reparut dans leurs rangs comme un fantôme. Ils
se pressèrent en vain autour de lui avec des cris
de joie; leur enthousiasme ne put faire passer sur

ses traits ni flamme ni sourire. Dès les premières rencontres avec les troupes républicaines, on put voir que son courage avait changé de caractère. L'ardeur vaillante qu'il savait si bien communiquer à ses soldats s'était transformée en une froide témérité qui semblait moins poursuivre la victoire que provoquer la mort; mais celle-ci ne voulait point de lui. Les balles se détournaient de son panache, les sabres s'émoussaient contre sa soie et son velours. On le voyait s'enfoncer, au petit pas de son cheval, dans les nuages de poudre que déchiraient les éclairs de la mousqueterie, et en ressortir sans blessures. Ces imprudences, toujours heureuses, causaient aux chouans une surprise à laquelle se mêlait une sourde désapprobation.

— Il tente Dieu! répétaient-ils à demi-voix; Dieu se lassera.

Il se lassa en effet. A l'attaque du bourg de Daumeray, en Anjou, les républicains, qui s'étaient retranchés, selon l'habitude, dans l'église, repoussèrent victorieusement les insurgés. Toutes les tentatives pour incendier leur retraite avaient été inutiles; les plus braves étaient tombés morts ou blessés; la troupe, découragée, se retirait. M. Jacques saisit alors un faisceau de torches de paille enflammée et s'avança lentement vers l'église ; mais, à moitié chemin, on le vit chanceler ; il étendit les bras et tomba. Un de ses soldats accourut pour le relever ; il respirait encore. On le transporta dans une ferme voisine, où il mourut trois jours après, emportant dans la tombe la fortune de la chouannerie en même temps que le secret de son désespoir.

Quelques contemporains crurent pourtant en avoir pénétré la cause. Ils parlaient d'une jeune fille noble (dont nous devons taire le nom, bien connu), qui, éperdument éprise d'un officier vendéen, l'avait suivi jusqu'à la défaite du Mans, où elle l'avait vu périr. Réfugiée avec sa nourrice dans un manoir de sa famille, elle y avait couvé contre la république une haine impuissante jusqu'au moment où le hasard lui avait amené le gentilhomme de Brissarthe. Alors, exaltée par le ressentiment, elle avait accepté l'amant vivant, qu'elle ne pouvait payer de retour, afin d'en faire le vengeur du mort qu'elle continuait à aimer. M. Jacques découvrit sans doute la vérité, et frappé dans son rêve le plus cher, il se jeta à la mort en désespéré.

IV

Suspension d'armes. — Dernière action de *Jambe-d'Argent*, sa mort.

La première époque de la chouannerie avait fini avec Jean Cottereau ; la seconde, qui fut celle des grands combats et de l'organisation sérieuse, se termina à la mort de M. Jacques. Partout, sauf dans le Maine, l'insurrection avait insensiblement changé de caractère ; elle était passée des mains des paysans dans celles de la noblesse ; de populaire, elle devenait politique. L'intrigue allait mêler sa fange à ces flots de sang généreux qui avaient jusqu'alors coulé pour des croyances. L'héroïque Vendée de Cathelineau était désormais représentée par Charette, génie cauteleux qui eût pu doubler Louis XI ; la chouannerie, par le mobile Puisaye et par Cormatin, espèce de lieutenant de police dont le hasard et surtout l'intérêt avaient fait un conspirateur. Aidé d'une foule de chefs d'insurrection qui ne s'étaient jamais insurgés, ce dernier établit, avec les représentants de la république, les bases d'une pacification générale ; le traité de la Mabilais fut conclu, et les chouans du Maine apprirent un jour que la paix était faite.

Ce fut pour ces paysans une inexprimable surprise. Ils se demandaient en vain comment leur devoir était de respecter aujourd'hui ce que leur devoir avait été de combattre la veille. Rien de ce qu'ils haïssaient n'avait été détruit, rien de ce qu'ils aimaient ne leur était rendu : tout se bornait à des promesses ; ils refusèrent de déposer les armes.

Le commandant du bourg de Houssaye, arguant des conventions du traité, avait sommé *Jambe-d'Argent* de permettre l'enlèvement des blés dans son canton ; *Jambe-d'Argent*, guéri de sa blessure, refusa.

—Eh bien ! s'écria l'officier, demain cinq cents républicains iront vous les demander.

— Demain cinq cents chouans vous les refuse-
ront, répondit *Jambe-d'Argent.*

Et le lendemain en effet, les bleus repoussés
furent forcés de prendre la fuite.

Averti de cet entêtement des chefs manceaux,
Cormatin accourut et ne put obtenir leur adhésion,
mais il réussit à négocier une suspension d'armes.
Bien que *Jambe-d'Argent* eût signé cette convention avec répugnance, il la fit observer fidèlement.
Deux commissaires de Laval, connus pour leurs
sympathies royalistes, étaient venus solliciter
la permission d'acheter des grains dans les paroisses. Quelqu'un proposa de les retenir et de ré-
pandre le bruit qu'ils restaient volontairement,
afin qu'ainsi compromis devant les patriotes ils
fussent forcés de se joindre aux chouans. La
plupart des membres du conseil applaudirent
à ce projet, et l'on cria à *Jambe-d'Argent,* qui
le combattait, de consulter la majorité ; mais
il se leva vivement, et, déposant devant lui son
épée :

— Commencez donc par décider que j'ai cessé
d'être votre chef, dit-il ; car, tant que j'aurai ce

titre, personne ici ne mettra aux voix *si l'on doit manquer à l'honneur !*

On n'osa point insister, et les deux commissaires retournèrent à Laval. Ailleurs cependant la haine et la trahison rendaient la trève illusoire : ce ne fut bientôt plus qu'une facilité offerte aux plus perfides contre les plus loyaux. Les deux partis montrèrent tour à tour le même mépris pour la foi jurée. Des hommes masqués se répandirent dans les métairies isolées, massacrant les vieillards, outrageant les femmes, pillant tout ce qui pouvait être emporté. Leur cocarde différait, leur férocité était la même. Des deux côtés, on se rejetait la honte de ces crimes et on les tolérait, parce que, des deux côtés, la suspension d'armes était un mensonge. Les chefs royalistes n'avaient voulu que préparer Quiberon, les républicains que se ravitailler dans les campagnes. Aussi la lutte ne tarda pas à recommencer. *Jambe-d'Argent* dénonça la reprise des hostilités aux bleus ; les bandes dispersées accoururent aussitôt vers lui, et il se vit à la tête de quinze cents hommes.

Ce fut assez pour redevenir maître de la campagne. Les petits postes occupés par les républicains furent enlevés, les convois interceptés, les villes, bloquées de nouveau, et parquées dans la famine. Du reste, il était arrivé à Treton ce qui arrive à tous les parvenus dignes du succès. Sa position, en s'élargissant, avait élargi son intelligence. Les âmes communes ne changent jamais de hauteur : si le fait grandit, il les surmonte; mais les âmes nées pour les grandes choses s'élèvent à mesure et restent toujours au niveau des événements. Ainsi Treton, sans perdre sa familiarité amicale, avait appris la langue du commandement; l'expérience lui avait donné un coup d'œil plus étendu, la réussite plus de patience. Sa responsabilité, loin d'être un fardeau, lui était un point d'appui. Amis ou ennemis vantaient également sa loyauté et sa bravoure; les gentilshommes eux-mêmes lui rendaient enfin justice. M. de Scépeaux, qui commandait en Anjou, avait demandé et obtenu pour lui la croix de Saint-Louis. Tout favorisait donc l'ancien mendiant. Il se voyait arrivé à un degré de prospérité qu'il ne pouvait avoir même entrevu dans ses rêves. Dieu lui épargna l'amertume

d'en descendre lentement et à travers les humi-
liations de la défaite. Comme Machabée, il devait
rester *enseveli dans sa victoire.*

On était au mois d'octobre 1794. *Jambe-d'Argent*
avait passé la nuit à courir de paroisse en paroisse
pour avertir les bandes qu'un détachement républicain arriverait à Cosme le jour même. Accablé
de fatigue, il sommeillait près du feu en attendant
les siens, quand des coups de fusil se font entendre vers le village. *Jambe-d'Argent* se redresse,
écoute.

— Ce sont les bleus qui arrivent avant l'heure et
qui auront rencontré une de nos bandes, dit-il;
donnez-moi mon fusil.

Il s'arme, sort en courant et arrive au moment
où la troupe de *Moustache* commençait à lâcher
pied; mais on crie :

— Voilà *Jambe-d'Argent!*

Tous se retournent, et le combat reprend plus
acharné. Cependant quelques soldats se sont retranchés derrière un mur de jardin. *Jambe-d'Argent* les voit et court à eux pour les débusquer; au
moment où il va les atteindre, deux balles le frap-

pent en pleine poitrine. Les chouans n'eurent que le temps de le porter vers des chaumes nouvellement coupés, dont ils le recouvrirent pour le dérober à la vue de l'ennemi. Le feu continua encore une demi-heure. Enfin une nouvelle bande arriva, et les bleus s'éloignèrent.

Tout le monde courut alors à l'endroit où *Jambe-d'Argent* avait été caché; *Moustache* souleva le chaume!... mais il le laissa retomber aussitôt : Louis Treton était mort! Jusqu'au dernier instant, cette nature vaillante avait combattu. Mourant, il ne s'était point abandonné lui-même, et l'on trouva entre ses doigts crispés les bandelettes de sa jambe malade qu'il avait commencé à détacher pour arrêter le sang de ses blessures.

On l'enterra furtivement, pendant la nuit, dans le cimetière du bourg de Quelaines. Un vieux prêtre, le père Joseph, prononça les paroles consacrées; puis la fosse fut comblée, et les chouans consternés se dispersèrent. A partir de ce jour, aucun d'eux n'osa rien entreprendre, tous prenaient la fuite à la vue des bleus. La chouannerie avait perdu son âme et n'était plus qu'un cadavre.

Tel fut le récit du vieux curé. Souvent interrompu par mes questions, il s'était prolongé jusqu'au soir, et ces quelques heures d'épanchement avaient suffi pour établir entre nous l'intimité, car il en est de la confiance comme de l'amour : une vie entière ne peut vous la conquérir, et une seule heure vous la gagne. Le cœur de *M. le Bon* s'était ouvert ; il passa, sans y prendre garde, des souvenirs aux réflexions. Cette époque terrible dont il avait vu les convulsions, il en parlait les yeux humides et pourtant sans colère. Retenu à la tradition par la foi, il comprenait les efforts de l'esprit nouveau, et il laissait à Dieu le soin de décider entre l'avenir et le passé. Pour lui, la paix n'était point dans la mort ; il acceptait les fièvres du genre humain comme les conditions de sa vie.

— Le Christ a dit que le monde était la vigne de son Père, ajoutait-il avec mélancolie ; c'est à lui d'y faire la vendange. La douleur n'est point seulement ce qu'elle paraît ; la Providence y a mis un mystère. N'est-ce point la croix et la couronne d'épines qui ont racheté les hommes ? Le sang des martyrs n'a-t-il pas délivré le monde ?

Il parla ainsi longtemps avec une éloquence pleine de flamme et de douceur, exaltant la foi active, l'abnégation, le dévouement à ce qui est pour nous la vérité ; et moi, ému et surpris de ces sublimes enseignements sortis tout à coup des récits de mort, comme les fleurs mystiques que la légende fait épanouir sur certaines tombes, j'écoutais tout pensif, tandis que le soleil descendait derrière les peupliers et que les derniers bourdonnements d'abeilles murmuraient autour de la tonnelle embaumée.

TROISIÈME RÉCIT.

LE SONNEUR DE CLOCHE.

I

Le bourg de Chanzeaux et le sonneur de cloche Ragueneau. — Premiers combats. — La couleuvrine *Marie-Jeanne.* — Passage de la Loire après la défaite de l'armée Vendéenne.

Le 14 mars 1793, tous les habitants du bourg de Chanzeaux, dans le Poitou, étaient dispersés sur les places et aux portes des maisons. Bien que le jour fût à peine à son déclin, tous les travaux avaient cessé; des groupes formés çà et là s'entre-

10.

tenaient vivement ; on s'appelait de loin. La curiosité inquiète qui agitait le village avait gagné jusqu'aux enfants, qui s'étaient interrompus dans leurs
jeux. La nouvelle d'une attaque contre les cantonnements républicains du voisinage causait cette
grande émotion. L'attaque paraissait certaine,
mais on ne connaissait point encore au juste les
agresseurs. On avait d'abord parlé de soldats anglais débarqués à Nantes, puis de Prussiens et
d'Espagnols. Les mieux instruits laissaient dire et
se taisaient. Quelques gens de bon sens avaient
bien objecté l'invraisemblance ; mais, à défaut de
raisons, les plus crédules leur opposaient la volonté de Dieu, déjà manifestée par plusieurs miracles.

— Tout est possible à la Trinité, répétait avec
chaleur un petit homme à figure ascétique, nommé
Musseau. Ne remarquez-vous point, vous autres,
que, depuis quelques semaines, on recommence à
voir les merveilles des anciens temps ? Les femmes
de Saint-Lezin ont entendu, dans les landes, de
grands murmures de voix qui ne pouvaient être
que les plaintes des morts sortis de leurs tombes

pour avertir les vivants ; des globes de feu tricolore, sont tombés près de Cholet, comme signes d'alliance entre le démon et les républicains ; enfin l'image de la Vierge a quitté l'autel à l'approche d'un *jureur* (1), et est allée se placer d'elle-même dans le tronc d'arbre du grand carrefour. Je vous dis que les habitants du paradis ont les yeux sur nous, et qu'il va se passer des choses qu'aucun homme n'a jamais vues !

La plupart des auditeurs applaudissaient en appuyant l'opinion de Musseau par le récit de quelques prodiges.

Il faut se rappeler quelle était alors la situation du pays. L'émigration des familles nobles avait d'abord inquiété les esprits, la fermeture des églises était ensuite venue troubler les consciences; la levée de trois cent mille hommes acheva d'aliéner les cœurs. Attaqués successivement dans leurs habitudes, dans leurs croyances et dans leurs affections, les campagnes s'indignèrent; des prêtres cachés attisaient ces ressentiments ; les imagina-

(1) Nom donné aux prêtres qui avaient prêté le serment exigé par la constitution.

tions exaltées se mirent à rêver dans leur fièvre et à prendre leurs rêves pour des réalités. Les plus crédules eurent des visions, les fourbes firent des miracles, tous crurent que le ciel se faisait complice de leurs passions, et que leur cause était celle de Dieu.

Musseau recommençait à énumérer les avertissements surnaturels qui annonçaient *la venue des grands jours*, lorsqu'il fut tout à coup interrompu par des cris poussés à l'entrée du bourg et par l'apparition d'un jeune paysan qui arrivait entouré de femmes et d'enfants : c'était Maurice Ragueneau, sacristain de Chanzeaux, parti quelques heures auparavant pour vérifier les bruits répandus. Il revenait annoncer que les républicains n'avaient point été attaqués par des étrangers, mais par les gars des paroisses voisines, qui les avaient chassés de Saint-Florent, de la Poitevinière, de Jallan et de Chemillé, où ils leur avaient pris trois canons. La principale troupe était conduite par Cathelineau, surnommé le *Saint de l'Anjou,* Forest venait de le rejoindre avec les hommes de Saint-Lezin, et Stofflet avec ceux de Maulevrier et de Trementines; le lendemain, on devait marcher sur Cholet.

La nouvelle était trop inattendue pour ne pas soulever toutes les âmes; l'effet en fut magique ; un cri général de révolte s'éleva. A Chànzeaux, comme ailleurs, les paysans avaient jusqu'alors tout supporté, non par résignation, mais par sentiment d'impuissance. Les victoires de Cathelineau étaient la première révélation de ce qu'ils pouvaient contre la population des villes, car pour eux la république n'était point autre chose, et ils ne se trompaient qu'à moitié. C'était bien là, en effet, que les idées nouvelles avaient été accueillies, défendues et couronnées par le succès. En réalité, l'inégale diffusion des lumières chez les paysans et chez les citadins avait mis, entre les besoins, un intervalle de deux siècles. Tous les jougs qui pesaient à ceux-ci comme autant de fardeaux enchantaient ceux-là comme autant de couronnes. C'étaient deux frères d'âge et d'instinct différents qui ne pouvaient se comprendre. Le citadin avait jusqu'alors imposé sa volonté au paysan, mais le paysan acquérait tout à coup la conscience de sa force, il ne pouvait manquer d'en faire usage.

Tous les hommes de Chanzeaux promirent de rejoindre la troupe qui devait attaquer Cholet. Le jeune sacristain voulut annoncer sur-le-champ aux villages voisins cette résolution en forçant la porte de l'église, fermée par ordre des chefs du district, et en sonnant les cloches, depuis longtemps muettes. Accoutumé dès son enfance à les *faire parler,* Ragueneau aimait leur voix comme on aime tout ce qui s'est lié à notre vie par les racines du souvenir. Une sorte d'intimité mystérieuse s'était établie à la longue entre lui et les *saints* du clocher. Chaque fois qu'il les mettait en branle, la vibration sonore semblait courir le long de la corde de chanvre, arriver jusqu'à lui et communiquer à tout son être une surexcitation singulière. Son sang circulait plus vite, sa vue se troublait; gagné par une sorte d'ivresse, il s'abandonnait à un roulis de sensations confuses comme celles du sommeil, mais plus emportées; c'était quelque chose du phénomène produit par les mille détonations d'une grande bataille et connu des vieux soldats sous le nom de *fièvre du canon.* Les deux mains enroulées dans les cordes de ses cloches et bercé par leur contre-poids, il avait souvent prolongé ses sonneries jusqu'à s'attirer les réprimandes du curé, M. Blondel de Riz, mais on était indulgent pour la bizarrerie de Maurice, que l'on supposait un peu fou.

Du reste, des esprits moins simples eussent pu s'étonner d'une nature qui unissait l'ignorance du paysan aux caprices les plus raffinés des classes cultivées. Tour à tour actif ou nonchalant, irascible ou pacifique, lourd ou subtil, Maurice manquait de cette continuité que la foule prend pour du caractère, et de ce vulgaire esprit de calcul qu'elle appelle la raison. Il avait épousé à vingt-trois ans une veuve beaucoup plus vieille que lui, selon l'usage de nos campagnes, où le mariage est une association dans laquelle l'homme doit apporter, avec la jeunesse, la force qui acquiert, et la femme l'expérience, c'est-à-dire l'économie qui conserve. Cette union avait été pour lui une sorte de tutelle à laquelle il s'était abandonné sans murmures, mais sans épanchements. Heureusement, il avait une sœur, belle jeune fille de dix-huit ans, qui cachait au dedans tout ce que lui mettait au dehors ; âme ardente aussi, mobile surtout, mais accoutumée à envelopper ses fantaisies de cette réserve que les femmes apprennent seules quand on ne la leur enseigne pas. Tous deux, le frère et la sœur, venaient évidemment de la même source, mais l'un était torrent, tandis que l'autre s'était fait ruisseau. Entre Marie-Jeanne et Maurice, l'intimité s'était donc établie par la ressemblance. Non qu'ils se fussent jamais expliqués, la parole leur eût manqué pour cela ; aucun d'eux n'avait la science d'analyse qui nous apprend à jeter la sonde dans les abîmes de notre âme, mais la parité des natures les avait révélés l'un à l'autre, et, ne pouvant se comprendre, ils s'étaient sentis. Leur amitié était silencieuse, quoique profonde ; ils n'en parlaient jamais, ils y pensaient à peine ; les événements devaient seuls en prouver l'étendue aux autres et à eux-mêmes.

Le 15 mars, à la pointe du jour, les gars de Chanzeaux rejoignirent Cathelineau et Stofflet ; les bandes réunies formaient environ six cents hommes armés de fusils de chasse, de fourches ou de faux emmanchées à l'envers, arme terrible que l'insur-

rection polonaise devait rendre célèbre plus tard.
Cholet était défendu par un bataillon républicain
et par du canon. On attaqua sans ordre, mais avec
l'impétuosité aveugle que donne l'enthousiasme
encouragé par l'inexpérience. Pendant une heure,
la lutte fut un chaos ; la fumée et le bruit envelop-
paient tout. Enfin le silence se fit, le nuage de
poudre tomba, les révoltés purent regarder autour
d'eux. Leurs ennemis étaient morts, blessés ou en
fuite, et, à quelques pas des canons encore fu-
mants, une jeune fille, Marie-Jeanne, se tenait à
genoux les mains jointes. Venue à la suite de son
frère, elle avait assisté à la bataille, comme Moïse,
en priant pour les siens.

Sa présence inattendue dans un pareil moment
et dans un pareil lieu frappa l'imagination des
paysans ; quelques voix répétaient déjà que c'était
elle qui avait obtenu de Dieu la victoire, quand
Musseau remarqua une coulevrine dont la gueule
était tournée vers la route par laquelle ils venaient
d'attaquer, et qui *avait refusé de faire feu*. A cette
découverte, des cris d'admiration retentirent de
toutes parts ; on ne douta plus du miracle. La jeune

fille fut amenée près du bronze richement sculpté ; on la força à s'y asseoir ; les vainqueurs s'attelèrent à la pièce merveilleuse et reprirent en triomphe le chemin du village.

La nouvelle de l'avantage remporté par les insurgés s'était bientôt propagée ; on accourait par tous les sentiers pour voir les deux Marie-Jeanne, car le nom de la jeune fille avait été donné à la coulevrine. Les vieillards se découvraient à leur passage, les enfants semaient la route d'herbes odoriférantes, comme aux processions du saint-sacrement, et les femmes se dépouillaient de leurs rubans pour en orner le canon. Quelques dames nobles qui vinrent, attirées par la curiosité, furent obligés de lui faire *leur plus belle révérence*. Les héros du matin étaient redevenus des enfants.

Rentrés chez eux, ils apprirent que le recrutement des trois cent mille hommes ordonné par la convention avait spontanément soulevé tout le pays dans le bas Poitou ; Challans et Machecould étaient tombés au pouvoir des insurgés ; les Vendéens avaient chassé les républicains des Herbiers, de Chantonnay, du Pont-Charron, et le drapeau

blanc flottait sur tous les clochers. Les gentilshommes, d'abord étrangers au mouvement, avaient
été forcés d'en prendre la direction; la révolte allait devenir une guerre civile. Les opinions de
Maurice Ragueneau auraient seules suffi pour l'y
faire entrer, ses instincts l'y précipitèrent. C'était
une porte subitement ouverte à ce caractère aven-
tureux, jusqu'alors captif sous le réseau des habitudes. Il échappait ainsi naturellement à l'oppression
des devoirs journaliers, et passait, de plain-pied,
de la monotone uniformité du ménage à ce poétique labyrinthe de l'inconnu. Le sonneur de cloche
de Chanzeaux ne chercha point à s'expliquer ce qui
lui plaisait dans ces nouvelles espérances, mais il
le sentit à l'ardeur avec laquelle il les adopta. Nul
ne montra plus de résolution à entreprendre la
lutte, ni plus de fougue après l'avoir entreprise.
Refusant les responsabilités du commandement,
il voulut goûter en toute liberté les enivrements
de sa fiévreuse fantaisie. Sans chefs et sans soldats,
il courait où le portait son élan et se donnait toujours la volupté de choisir son péril; seulement ce
choix l'entraînait invariablement où la mêlée était

plus sanglante. Là le bruit du canon lui rendait les émotions de ses anciennes sonneries, mais redoublées et agrandies. Un des historiens de cette guerre de géants a dit que *la poudre faisait sur Ragueneau l'effet du vin d'Anjou.* La tradition locale a conservé des souvenirs presque fabuleux de sa *furie* guerrière. Au Pont-Barré, il combattit cinq heures et tua de sa main dix-huit ennemis. A Laval, dans une attaque de nuit, il arrive sans le savoir à une batterie républicaine; la lueur du coup de canon le fait reconnaître, tous les bras se lèvent pour le frapper; il se jette derrière une voiture du train, tire son coup de pistolet dans un caisson qui saute, et s'échappe sain et sauf au milieu des débris. Assailli une autre fois par trois hussards, il en démonte deux, force le dernier à se rendre, et l'amène au camp avec les trois chevaux.

Que pouvaient cependant ces inutiles prodiges, répétés par mille autres? La république avait pour elle ce qui manquait à ses ennemis, l'opportunité. Or, dans toute question humaine, il y a quelque chose de plus puissant que la force, que le courage, que le génie même : c'est l'idée dont le temps est venu. Attaquée en avant par l'Europe, en arrière par les royalistes, et défendue par des soldats sans souliers et sans pain, la révolution continuait son œuvre immense, aiguillonnée plutôt que retenue par les obstacles. L'armée vendéenne, au contraire, toute à la défense de ses clochers, ne voyait rien au delà. Elle ne suspendait la lutte que pour célébrer Pâques fleuries ou pour faire la moisson. Il y a, dans toute cette première campagne, je ne sais quel lyrisme guerrier mêlé à une simplicité rustique qui surprend et intéresse. Toutes les illusions sont encore dans leur fleur, les sentiments humains n'ont pas eu le temps de se corrompre; on combat avec rage, mais, une fois maître du champ de bataille, on renvoie les prisonniers en se contentant de leur couper les cheveux. Nul ne songe à calculer le prix de ses sacrifices. Le rêve du plus ambitieux fait sourire; général ou soldat, c'est la même naïveté. Larochejacquelein espère, s'il rétablit la monarchie, que le roi ne lui refusera pas un régiment; Ragueneau pense qu'on ajoutera une cloche à sa sonnerie. Quant aux soixante mille paysans qui ont mis leurs biens et leur vie à cette terrible loterie de la guerre, ils n'attendent rien ; ils défendent seulement ce qu'ils appellent leurs droits, et croient avoir Dieu lui-même pour auxiliaire. Un médaillon de la vraie croix, que possède Musseau, leur annonce un avenir funeste ou favorable, selon qu'il s'entoure d'une auréole sanglante ou lumineuse, et la miraculeuse couleuvrine trouvée à Cholet est toujours pour eux un talisman qui leur assure la victoire.

Prise une première fois par les républicains, cette couleuvrine avait été emmenée à Fontenay. Cathelineau y conduit l'armée.

— Enfants, dit-il, nous n'avons plus de poudre, il faut reprendre Marie-Jeanne avec des bâtons.

Les Vendéens s'élancent contre une batterie de quarante bouches à feu ; une partie tombe ; quelques-uns seulement arrivent au milieu des canons. Un garçon menuisier, Pierre Rochard, Hercule villageois, célèbre par ses témérités, reconnaît la couleuvrine, se jette sur elle et l'entoure de ses bras comme s'il voulait l'emporter de la mêlée. Les artilleurs républicains le hachent à coups de sabre ;

mais il ne lâche point prise, et, pendant qu'il les occupe à le tuer, il donne le temps à ses compagnons d'arriver et de reprendre Marie-Jeanne. La coulevrine fut ramenée au bruit des cantiques, parée de feuillages et de fleurs. En la revoyant, les Vendéens pleurèrent de joie.

Les faits semblaient, du reste, favoriser toutes les espérances. Battus partout, les bleus avaient laissé prendre Bressuire, Thouars, Parthenay, Saumur, Angers. Cinq armées républicaines s'étaient successivement englouties dans cet océan de populations révoltées ; elles arrivaient au cri de : *Vive la république!* luttaient un instant, puis sombraient, comme le *Vengeur*, sous leur drapeau tricolore. Ces victoires pourtant, il faut bien le dire, épuisaient l'insurrection. Celle-ci perdait d'ailleurs chaque jour quelque chose de son premier caractère. La guerre avait fini par endurcir tous les cœurs. Les plus mauvais y avaient contracté le goût des massacres; les meilleurs s'y étaient accoutumés. Dans les deux partis on égorgeait sans pitié. Quelques chefs royalistes encourageaient des cruautés odieuses; quelques prêtres se faisaient complices des superstitions les plus grossières. Tout ce qui avait été d'abord élan spontané, croyance ingénue, fut insensiblement transformé en *moyen;* la guerre populaire devenait une guerre politique. Pendant que les généraux vendéens négociaient avec l'Angleterre pour lui livrer un de nos ports, l'abbé Bernier s'occupait de fomenter la discorde par des bassesses ou par des crimes. On eût dit que les sept péchés capitaux étaient entrés avec lui dans le conseil. L'évêque d'Agra ajouta à ces intrigues le ridicule d'une comédie sacrilége. Aussi tout allait déclinant, tout se précipitait. Les victoires de la grande armée vendéenne n'étaient plus que les crises d'une glorieuse agonie.

Par opposition, l'ère des déroutes semblait toucher à sa fin pour les soldats de la république. En attendant un chef qui les fît vaincre, les héroïques grenadiers de Mayence leur apprenaient à bien mourir. Décimés par une nuée de tirailleurs, ils serraient froidement leurs rangs ; repoussés, ils reculaient sans fuir ; entourés, ils s'ouvraient un chemin avec la baïonnette. Pour la première fois, on voyait apparaître sur les champs de bataille une avant-garde de cette grande race de soldats stoïques dont la gloire commence aux campagnes d'Italie et se complète à Waterloo.

Après avoir été forcée de lever le siége de Nantes, où Cathelineau fut tué, l'armée catholique errait à travers les campagnes sans direction et sans but. Le cortége de vieillards, de femmes et d'enfants qu'elle traînait à sa suite, allait chaque jour grossissant. Traquée par les troupes républicaines, qui l'obligeaient à se replier sur Beaupréau, elle se retourna tout à coup, comme un lion blessé, et remporta un premier succès qui finit par se changer en défaite. Les ennemis restèrent maîtres du terrain, mais noyés dans le sang de leur victoire. L'armée royaliste se trouvait acculée à la Loire sans moyen de rentrer en Vendée. Tous les yeux se tournaient vers l'autre rive, dernier lieu de refuge et suprême espoir. Là, disaient les Vendéens, un peuple ami les attendait ; là, les villages n'avaient point encore été abandonnés ; on voyait quelques troupeaux dans les friches, quelques meules de blé aux portes des métairies et les vergers enrichis de leurs fruits. Pour les malheureux qui fuyaient un pays dépeuplé et noirci par les flammes, c'était l'abondance de la terre promise. La campagne était couverte d'une mêlée confuse de femmes égarées qui appelaient leurs frères ou leurs maris, de canons sans attelage, de cavaliers galopant au milieu des piétons effrayés, de chariots traînés par des bœufs, et desquels s'élevaient des cris d'enfants ou des gémissements de blessés. On eût dit une de ces grandes émigrations de peuples barbares subitement arrêtée par une défaite, et fuyant en tumulte devant les légions d'Aétius ou de Bélisaire. Quatre-vingt mille fugitifs entassés sur la rive attendaient leur tour de passage dans sept ou huit bateaux qui sillonnaient le fleuve. Les mieux montés cherchaient un gué qui leur permît d'atteindre l'île placée, comme une pile de pont, entre les deux bords. On apercevait déjà en arrière une immense ligne de fumée brodée de flammes dont le cercle s'approchait en se resserrant de plus en plus ; c'était l'armée républicaine qui arrivait précédée de l'incendie. Les Vendéens voyaient venir le péril sans aucun moyen de le combattre ;

ils avaient successivement perdu tous leurs chefs. Cathelineau était mort au siége de Nantes; d'Elbée, frappé à la dernière bataille, n'avait pu quitter Beaupréau ; on venait d'embarquer Bonchamp, qui devait expirer en touchant l'autre rive ; M. de Lescure arrivait porté sur un brancard et suivi de sa jeune femme, dans laquelle chacun voyait déjà une veuve. A la place d'une armée, il n'y avait plus qu'une multitude livrée à toutes les angoisses de l'abandon. Le tumulte de cette foule sur le fleuve, dans l'île et sur les deux rives, formait un chœur inexprimable de plaintes, de cris, de malédictions et de prières, dont le retentissement s'étendait jusqu'à l'horizon comme celui d'une mer agitée. On était au mois d'octobre ; la Loire, grossie par quelques pluies, roulait plus bruyamment ses eaux jaunâtres ; un vent froid frissonnait dans le pâle feuillage des saules ; le ciel avait une teinte d'acier sinistre et menaçante. La nature elle-même semblait avoir préparé le cadre pour cette scène de désolation.

II

Maurice Ragueneau s'était associé à toutes les vicissitudes de l'armée vendéenne et partageait son désastre. Sa femme, fidèle à l'antique tradition qui lui confiait le soin et la défense du ménage, n'avait point voulu quitter Chanzeaux, et s'était décidée à mourir, comme le chien de garde, à la porte du logis qu'elle devait surveiller. Mais Marie-Jeanne avait suivi son frère. Assise, dans ce moment, sous une touffe d'aulnes, elle regardait avec inquiétude du côté de la Loire. Son oncle Ragueneau et ses trois cousins étaient groupés derrière elle; Musseau, les deux mains croisées sur son fusil et le menton appuyé sur ses mains, gardait un silence sombre. Ils étaient là depuis plusieurs heures, attendant Maurice, qui s'était chargé de leur trouver une barque. Le jour baissait, et tous commençaient à s'inquiéter de ce long retard ; mais, comme il arrive habituellement en pareil cas, nul ne voulait en convenir le premier. Enfin Marie-Jeanne éclata.

— Jésus, mon Dieu ! qu'est devenu Maurice ? s'écria-t-elle en se levant pour regarder plus loin dans la foule.

— Il ne revient pas ! répétèrent les trois frères à la fois ; de manière ou d'autre, il faut pourtant passer l'eau.

— Pourvu qu'il ne lui soit pas arrivé malheur ! reprit Jeanne très-émue.

Musseau secoua la tête.

— Oui, oui, malheur ! murmura-t-il ; il n'y a plus à attendre que du malheur !

— As-tu donc consulté ta relique ? demandèrent l'oncle Ragueneau et ses fils.

Musseau fit un signe affirmatif.

— Et tu as vu des avertissements ?

— Depuis un mois, l'auréole est rouge, répliqua-t-il à voix basse, tous les jours plus rouge. Hier c'était la couleur de la flamme, aujourd'hui c'est celle du sang.

Les paysans se regardèrent consternés.

— C'est justice ! reprit le fanatique, dont l'œil s'allumait ; Dieu doit punir sur tous les fautes des pécheurs, mais ceux qui auront la foi entière ne périront pas. Quand il coulerait autant de sang que vous voyez passer d'eau là, sous vos pieds, ils se sauveraient à la nage. Quiconque sera tué en état de grâce ressuscitera, comme le Christ, le troisième jour.

Les Ragueneau échangèrent un regard.

— Le curé l'a dit ! fit observer le plus jeune avec un peu d'hésitation.

— Et t'en a-t-il montré de ces ressuscités ? interrompit la voix d'un nouvel interlocuteur qui s'était approché derrière les aulnes, et qui écoutait depuis un instant.

Musseau releva brusquement la tête et lança un regard farouche au nouveau venu ; mais celui-ci le supporta avec une railleuse effronterie. C'était un homme d'environ quarante ans, grand, maigre, au visage de satyre et ayant, en toute sa personne, cette distinction de faux aloi qui annonce le laquais de grande maison. M. *La Rose* était, en effet, un de ces anciens valets de chambre-chirurgiens dont l'usage s'était perpétué chez quelques nobles de la Vendée, Figaros de bas étage, moins utiles aux infirmités de la famille qu'à ses vices cachés, et dont les fonctions équivoques exigeaient un peu d'adresse, plus d'effronterie et beaucoup d'immoralité. Lors de l'émigration de son maître, M. *La Rose* s'était établi comme médecin à Chemillé, où il s'était d'abord montré patriote très-ardent ; mais il avait été converti depuis au royalisme et passait pour l'agent secret du dangereux abbé de St-Laud.

En l'apercevant, les Ragueneau avaient porté la main à leurs chapeaux, sans se découvrir toutefois ; Marie-Jeanne lui fit également un demi-salut ; Musseau seul s'abstint de toute démonstration polie. La plaisanterie, par laquelle l'ancien laquais venait d'interrompre la conversation, lui avait fait froncer le sourcil.

— Monsieur *La Rose* a-t-il donc renié son baptême ? demanda-t-il avec une brusquerie presque menaçante.

— Moi ! s'écria *La Rose* du ton d'un marquis de théâtre, me prends-tu pour un sans-culotte, l'ami ? Je suis, pardieu ! aussi bon catholique que toi, et la preuve, c'est que je fais carême depuis trois mois !... ce qui est une amplification des commandements.

— Il ne faut pas jouer avec les choses saintes, interrompit le paysan.

La Rose haussa les épaules.

— Allons, ne vas-tu pas me faire le catéchisme ? dit-il d'un ton de hauteur railleuse ; apprends que j'ai un directeur qui te vaut, pour le moins. L'abbé Bernier veut bien m'accorder sa confiance.

— J'espère que M. de Saint-Laud a passé la Loire, demanda vivement l'oncle Ragueneau, qui, même dans ce désastre, était plus occupé de son recteur que de lui-même.

— Je n'en sais rien, j'arrive, répliqua *La Rose.*

— Le temps presse ! fit observer un des jeunes gars en arrêtant sur l'horizon des yeux inquiets ; les bleus avancent toujours.

— Et Maurice ne revient pas ! ajouta Marie-Jeanne agitée.

— C'est votre frère que vous attendez ? demanda *La Rose ;* je viens de l'apercevoir, il arrive avec un bateau.

— Où cela ?

— A la pointe, là-bas, devant les peupliers.

Marie-Jeanne et les Ragueneau coururent à l'endroit indiqué et virent, en effet, le sonneur de cloche qui arrivait dans une toue, conduite par un vieillard. La foule, pressée sur le bord, attendait la barque pour s'y précipiter ; mais Maurice s'arrêta à portée de la voix en appelant sa sœur et ses cousins.

— Nous voici ! crièrent-ils tous à la fois.

— Il n'y a que six places, dit Maurice ; si j'aborde, tout le monde voudra les prendre: montez sur mon cheval, qui vous conduira jusqu'ici à la nage.

On fit ce qu'il demandait. Marie-Jeanne passa la première, puis les autres suivirent. Quand tous furent réunis, Maurice leur donna rendez-vous à Varades, et, s'élançant sur son cheval, regagna le bord. Il pensait que les républicains pourraient atteindre l'armée fugitive avant qu'elle eût franchi

le fleuve, et il restait à l'arrière-garde pour ne
point perdre cette occasion de combattre. La prolongation de cette lutte, qui avait brisé tant de
courages, n'avait fait qu'exalter le sien. Ce jeu terrible, où la mort tenait les cartes, lui était devenu
un besoin. Il aimait la fièvre de la bataille comme
on aime celle du lansquenet. La vie était son gain,
le péril son aiguillon. Tandis que d'autres combattaient par nécessité, Maurice ne le faisait que par
choix; pour eux, c'était une guerre, pour lui une
chasse au lion.

Il attendit donc tout le jour dans l'espoir de
quelque engagement avec l'avant-garde républicaine; mais l'effroi précipitait la fuite des Vendéens. Après les premières heures de trouble et
de tumulte, des radeaux furent construits, on y
attela des barques, et le fleuve se trouva bientôt
couvert d'îles flottantes qui transportaient sur l'autre bord une population éplorée. Vers le soir, il
ne restait que les derniers arrivés; les barques revinrent pour les emporter à leur tour, et, quand
la nuit descendit enfin, on ne vit plus sur la rive
silencieuse que des feux mourants autour desquels

erraient quelques fugitifs égarés, ou quelques-uns
de ces loups cerviers à face humaine qui vivent du
champ de bataille.

Maurice Ragueneau jeta un dernier regard vers
le cercle de fumée qui s'avançait toujours et que
l'obscurité de la nuit colorait d'une lueur d'incendie; il contempla quelques minutes le campement
abandonné, le fleuve désert, l'autre rive, que les
feux de bivouac commençaient à consteller; puis,
comme attiré par les rumeurs lointaines qui semblaient l'appeler, il monta à cheval pour gagner
un gué par lequel il avait vu passer du canon.

Le ciel était serein, mais un vent froid venait
de s'élever; il sifflait dans les saules, dont les têtes
pâles, éclairées par les étoiles, ondoyaient en gé-
missant et semblaient courir le long des eaux. On
eût dit une armée de fantômes. Enveloppé dans le
manteau d'un cavalier ennemi, qu'il avait tué le
matin, Ragueneau suivait la berge; la terre, amol-
lie par les piétinements de la foule, ralentissait sa
marche. Lorsqu'il eut atteint le gué, la nuit était
close depuis longtemps. Ceux qui s'y étaient ha-
sardés les premiers avaient heureusement jalonné

le passage au moyen de branches de peuplier.

Maurice s'efforça de distinguer dans l'ombre ces frêles balises, dont l'extrémité vacillait au-dessus du courant, puis il poussa son cheval dans la Loire. L'obscurité ne lui permettait point de reconnaître exactement la direction qu'il fallait suivre, et la rapidité du fleuve rendait la moindre erreur périlleuse. Sa monture fléchissait à chaque instant sous lui comme une embarcation qui sombre, et ne reprenait pied que pour le perdre de nouveau. Les deux jambes repliées en arrière, la bride ramassée et l'œil fixé sur les branches vacillantes qui lui traçaient sa route, Maurice voyait grossir le bouillonnement des eaux et allait atteindre le milieu de la rivière lorsqu'un cri aigu retentit tout à coup au-dessus du gué.

Par un mouvement instinctif, le sonneur de cloche s'arrêta. Un objet noir et flottant descendait de son côté. Il reconnut une barque d'où s'élevaient deux voix, l'une pleine d'épouvante qui appelait au secours, l'autre menaçante, mais contenue. Il vit d'abord deux ombres s'agiter dans une lutte, puis il entendit le bruit d'un corps qui tombait dans le fleuve. Une robe flotta, disparut, se remontra plus près du gué, où elle s'engloutit de nouveau. Maurice, qui s'était jeté en avant, la saisit au passage et ramena à lui une femme évanouie.

Au même instant, la barque arrivait emportée par le courant. Quelqu'un se dressa à la proue, fit feu, et une balle passa près de l'épaule du sonneur de cloche. A la lumière de l'amorce, Maurice avait reconnu *La Rose,* mais ce fut quelque chose de rapide comme une apparition; la barque n'avait fait que passer et était déjà loin.

Ragueneau souleva avec effort le corps toujours immobile, l'appuya sur le cou de son cheval, auquel il fit sentir l'éperon, et réussit à atteindre l'extrémité de l'île qui partageait la Loire en cet endroit. La femme venait de reprendre connaissance et essayait de parler. Maurice la transporta dans une cabane récemment incendiée et l'y déposa sur un peu de paille. Il put remarquer alors que celle qu'il venait de sauver était une jeune fille dont le costume élégant et les mains blanches annonçaient la condition. Ses cheveux mouillés lui voilaient le visage; mais, quand elle les eut

écartés, le sacristain reconnut mademoiselle Céleste Boguais, fille d'un gentilhomme de l'Anjou.
Plus d'une heure s'écoula avant que mademoiselle
Boguais pût lui donner aucune explication ; l'é-
pouvante et le froid l'avaient saisie au point de la
rendre muette. Maurice lui fit boire quelques gor-
gées de vin, alluma du feu et la couvrit de son
manteau. Peu à peu les forces lui revinrent, et
elle put enfin raconter ce qui lui était arrivé.

Séparée de sa mère et de ses sœurs après la déroute de Savenay, mademoiselle Boguais les avait
cherchées pendant deux jours, et n'avait perdu
tout espoir de les rencontrer qu'après avoir vu la
foule transportée au delà du fleuve. Se trouvant
alors presque seule sur la rive, elle avait commencé à s'effrayer et s'était mise à courir le long
de la berge pour chercher une barque ; mais toutes
étaient restées sur l'autre bord. Cependant la nuit
venait ; quelques traînards, à mines sinistres, erraient seuls au milieu du campement désert, recueillant les objets abandonnés dans la précipitation de la fuite, dépouillant les cadavres, ou
cherchant à ressaisir les bestiaux sans maître. Un

chef semblait présider au pillage et le régulariser. Ce fut lui qui aperçut le premier la jeune fille. Il s'approcha aussitôt, et tous deux tressaillirent en se reconnaissant. M. *La Rose* (car c'était lui) avait dans son passé un souvenir qui ne lui permettait ni d'oublier mademoiselle Boguais ni d'être oublié d'elle. Tous deux s'étaient rencontrés à Angers trois ans auparavant, et l'ancien valet, enhardi par la familiarité du voisinage, avait osé adresser à Céleste, encore presque enfant, quelques galanteries grossières dont elle s'était effarouchée. M. Boguais, prévenu, n'était descendu ni aux explications ni aux reproches; il avait fait venir le Lovelace d'antichambre et l'avait traité comme Scapin traite le père de son maître. *La Rose* avait alors reçu les coups de bâton sans rien dire; mais la meurtrissure, effacée de sa peau, était restée profondément empreinte dans sa mémoire. Ne pouvant se venger sur-le-champ, il avait confié sa rancune à l'avenir comme une somme dont les intérêts s'accumulent. Seulement il voulut attendre le moment propice et porter les coups sans se découvrir. Lorsque les nobles commencèrent à devenir suspects, M. Boguais fut signalé un des premiers par des dénonciations anonymes qui firent ordonner son arrestation. Il y échappa en émigrant; mais l'ennemi caché qui n'avait pu l'atteindre sut prendre sa revanche, et la famille de M. Boguais fut conduite à la prison d'Angers, dont les Vendéens victorieux lui ouvrirent heureusement les portes. Obligée de suivre alors ses libérateurs, Céleste Boguais avait partagé depuis leurs différentes fortunes sans rencontrer *La Rose,* qui, de son côté, n'avait point paru songer à elle.

Les haines sans intermittences ne se trouvent guère que dans les livres; dans la réalité, l'homme est à la fois trop mobile et trop complexe pour ne poursuivre qu'un seul but; ses passions les plus tenaces le quittent par instants, mais elles lui reviennent toujours, et là est la preuve de leur puissance. Occupé de seconder les manœuvres de l'abbé Bernier et surtout de s'enrichir par la rapine ou la trahison, *La Rose* avait ajourné la satisfaction de ses ressentiments, lorsque le hasard lui amena mademoiselle Boguais.

Celle-ci se rappelait à peine la correction dont

son père avait autrefois puni l'insolence de *La Rose*, et ne savait rien de ses dénonciations ; aussi jeta-t-elle un cri de joie en l'apercevant : dans son abandon, tout visage connu lui semblait ami. L'ancien valet confirma cette confiance par son empressement. Le sourire de cette haine triomphante la rassura comme un témoignage d'intérêt. Elle se laissa persuader sans peine que sa mère et ses sœurs avaient traversé la Loire et l'attendaient à Ancenis. *La Rose* courut chercher, sous les roseaux, une petite barque dans laquelle elle entra sans crainte. Le jour était complétement tombé, et à peine eurent-ils poussé au large, que la rive s'effaça dans la nuit. Le conducteur de mademoiselle Boguais changea aussitôt de manières. Revenant avec une sorte d'audace menaçante aux galanteries qui lui avaient si mal réussi autrefois, il voulut la prendre dans ses bras, et ce fut alors que la jeune fille poussa, en se dégageant, le premier cri entendu par Ragueneau. La lutte s'était prolongée jusqu'au moment où, sentant ses forces épuisées, elle avait échappé par un dernier élan, et s'était précipitée dans le fleuve.

12

Ce récit, entrecoupé d'hésitations et de rou-
geurs, s'était achevé dans les larmes. L'instinct
subtil du sonneur de cloches lui fit comprendre
qu'il est des dangers qu'une femme a honte d'avoir
courus et au souvenir desquels il ne faut point
s'arrêter. Il ne s'occupa donc que de consoler Céleste en promettant de lui faire retrouver sa mère ;
il voulait seulement attendre le jour pour tenter
le passage du second bras de la Loire, plus rapide
et plus profond que le premier. Il rappela alors à
la jeune fille, pour la distraire et la rassurer, qu'ils
s'étaient vus autrefois à Chanzeaux, que tout enfant il avait déniché pour elle des pinsons dans les
aubépines, et que plus tard, à la fête du village, elle
l'avait un jour choisi comme danseur. Ramenée
à ces heureux souvenirs, mademoiselle Boguais le
reconnut et sentit se dissiper un reste d'inquiétude.
Au doute succéda une foi complète, car tel est le
privilége des jeunes âmes, la joie et la confiance y
sont toujours en boutons, et, au moindre rayon
de soleil, toutes deux s'épanouissent.

Dès que mademoiselle Boguais se sentit en sûreté,
elle se laissa aller à l'espèce de langueur qui suit

tout crise. Couchée près du feu allumé par Ragueneau et enveloppée dans son manteau, elle
l'écouta parler jusqu'à ce que, calmée par ces
souvenirs d'enfance, elle se fut endormie, Maurice respecta son sommeil. Assis sur un des murs
abattus de la cabane, il resta là, les bras croisés
sur son fusil, regardant la jeune fille avec une
sorte d'admiration. Sans être belle, Céleste avait
le charme de la faiblesse qui s'avoue et demande
protection. Petite, frêle, un peu pâle, elle inspi-
rait, dès le premier coup d'œil, un intérêt attendri
qu'augmentait sa voix naturellement voilée. Puis
elle avait reçu du ciel cette grâce contagieuse qui,
se communiquant de nous à toute chose, donne
une distinction au mouvement le plus vulgaire et
une élégance aux haillons. On cherchait en vain
ce qui plaisait chez elle ; ce n'était rien et c'était
tout. Nul ne devait sentir mieux que Maurice ce
mystérieux attrait. Nature mobile et amoureuse
de contrastes, il ne sortait des délires de la bataille
que pour tomber dans les nonchalantes médita-
tions. Abandonné, pour ainsi dire, par mademoiselle Boguais au milieu de cette revue de sa jeu-

nesse, il la continua seul, laissant l'image de la
jeune fille se mêler par instants à celles de sa mère
et de Marie-Jeanne.

Lorsque la jeune fille se réveilla le lendemain
aux premières lueurs du jour, elle aperçut Ragueneau occupé à brider son cheval. Une barque venait heureusement d'accoster et allait les conduire
sur l'autre bord.

Comme ils quittaient l'île, la brume commença
à se lever, et ils aperçurent, sur la rive droite, les
premiers détachements républicains, qui occupaient déjà leur campement de la veille. En arrivant à Varades, ils trouvèrent la ville abandonnée;
l'armée vendéenne marchait sur Ancenis. Ils l'aperçurent bientôt se déroulant plus loin que le regard ne pouvait atteindre. Elle couvrait un espace
de quatre lieues. Dix mille combattants d'élite se
tenaient à l'arrière-garde. Devant eux marchaient
les familles fugitives, divisées par paroisses et conduites par leurs curés; puis venaient les canons
avec trente mille paysans armés. La cavalerie allait
en avant.

Il fallut un jour entier à Ragueneau pour se

faire un chemin à travers cette multitude ; enfin, vers le soir, il aperçut la bannière de Chanzeaux, et reconnut, parmi ceux qui l'entouraient, la famille de mademoiselle Boguais. Outre sa mère et ses deux sœurs, il y avait là son plus jeune frère, Camille, enfant de onze ans, perdu comme Céleste dans la mêlée, et qui, repoussé de toutes les barques, s'était jeté sous le brancard de M. de Lescure, et avait ainsi passé le fleuve protégé par un mourant.

Les remercîments de madame Boguais furent ceux d'une mère ; mais ils furent courts. Dans ce drame terrible où l'on voyait, comme dans la danse macabre du moyen âge, la mort toujours présente et sous tous ses déguisements, la plus longue scène ne durait que quelques instants ; haine, reconnaissance, amour, tout passait emporté dans le tourbillon des événements ; on vivait au milieu d'un rêve. Le passage de la Loire avait d'ailleurs jeté dans toutes les âmes une sorte d'attendrissement égaré qui faisait rendre et accepter tous les services comme s'ils eussent été dus. Distinctions de naissance, d'éducation, de fortune, tout s'était per-

12.

du dans cet immense désastre, et la communauté de l'infortune avait amené la fraternité du désespoir. Un paysan venait de prendre la main de madame de Lescure, qui ne le connaissait pas, et lui avait dit, les larmes aux yeux :

— Nous avons quitté notre pays ; nous voilà, à présent, frères et sœurs ; je vous défendrai jusqu'à la mort, ou nous périrons ensemble.

C'était le sentiment de l'armée entière.

En quittant la famille Boguais, Ragueneau chercha sa sœur Marie-Jeanne, et la trouva près des chariots, soignant les blessés. Après un rapide entretien, il la laissa pour rejoindre l'avant-garde, avec promesse de revenir bientôt. Malheureusement, dès le second jour, l'ordre de marche adopté au sortir de Varades fut abandonné. Les paysans quittèrent leurs rangs l'un après l'autre, pour aller revoir leurs familles groupées autour des bannières. La confusion devint générale. Combattants, troupeaux, blessés, s'avançaient pêle-mêle avec de sourdes clameurs. A côté des canons marchaient des femmes qui portaient leurs enfants dans leurs bras. Ragueneau réussit pourtant à retrouver le lendemain la famille Boguais et Marie-Jeanne ; il leur apportait des provisions.

L'armée poursuivit sa route par Ingrande, Candé et Château-Gonthier ; elle arriva enfin à Laval, où le général L'Échelle l'attaqua le surlendemain à la lande de Croix-Bataille : le combat dura deux jours. Les républicains, d'abord repoussés de la lande, furent écrasés à Entrames. Six mille Mayençais, qui restaient encore des vingt-huit mille envoyés en Vendée, se trouvèrent séparés du reste de l'armée et entourés. Ce fut alors que le général Beaulieu, emporté mourant du champ de bataille, leur envoya, comme appel à la vengeance, le linge sanglant qui couvrait sa poitrine ; les Mayençais le fixèrent au bout d'une baïonnette, et, guidés par ce terrible drapeau, ils s'ouvrirent un passage à travers l'armée victorieuse.

De Laval, les Vendéens se dirigèrent d'abord sur Rennes, puis sur Granville, où ils avaient donné rendez-vous à l'escadre anglaise. Repoussés, ils reprirent le chemin de leur pays, par Pontorson, Dol, Angers, Le Mans. Pendant cette longue route, dont chaque station fut marquée par une bataille,

Ragueneau n'avait point cessé de veiller sur la famille Boguais. Seule, grâce à lui, cette famille ne s'était point aperçue de la disette qui décimait l'armée. Maurice pourvoyait à tout par des miracles d'adresse ou d'audace. La monture qui servait alternativement à la mère et aux trois sœurs était morte de fatigue en arrivant à Dol : il se glissa, pendant la nuit, dans une batterie républicaine, détela les deux chevaux d'un caisson et les leur amena. Céleste, depuis le passage de la Loire, était restée languissante, elle souffrait du froid et manquait de vêtements d'hiver : Ragueneau attaqua deux hussards pour avoir leurs pelisses, qu'il apporta à la jeune fille.

Toute l'armée était habillée ainsi de ce que le hasard de la guerre avait pu lui fournir. Quelques chefs portaient des dolmans pris au théâtre de La Flèche ; d'autres, des robes de procureur, des chapeaux et des jupons de femme. Madame de Lescure avait pour manteau une couverture, et madame d'Armaillé s'était enveloppée avec ses enfants dans une vieille tapisserie. L'excès de la misère empêchait de voir le ridicule de cette lugubre mascarade.

Deux jours après leur arivée au Mans, les Vendéens aperçurent trois colonnes républicaines qui arrivaient par les routes d'Angers, d'Alençon et de Tours : ces colonnes étaient commandées par Marceau. Larochejaquelein leur disputa les abords de la ville jusqu'à la nuit. Battu, il voulut encore s'arrêter à la tête du pont ; mais tout se débanda, tout s'enfuit, et lui-même fut emporté dans la déroute. Cependant quelques centaines d'hommes, ayant à leur tête M. de Scépeaux, s'obstinèrent à défendre la grande place. Maurice y trouva le vieux Ragueneau avec ses trois fils. Serrés l'un contre l'autre, ils continuèrent, pendant toute la nuit, une résistance sans espoir. Enfin, quand le jour parut, ceux qui restaient debout se comptèrent ; ils étaient cinquante à peine. Le sonneur de cloches vit à ses pieds son oncle et deux de ses cousins ; un seul avait survécu ! Ragueneau courut à la maison où il avait laissé son cheval et se précipita sur la route de Laval. Il espérait que la prolongation de la lutte aurait laissé à madame Boguais et à Marie-Jeanne le temps d'échapper. Il les chercha partout, il s'informa ; mais la foule, égarée de terreur, fuyait sans

répondre. Westermann la côtoyait avec sa cavalerie, sabrant tout ce qui s'écartait, et laissant après
lui une traînée de cadavres de quatorze lieues.

De Laval, les fuyards étaient descendus vers
Craon, Pouancé; ils atteignirent Ancenis au milieu
de la nuit. Là, arrêtés par la Loire, ils firent halte,
et l'impossibilité d'aller plus loin les rassembla.
Chacun commença à se reconnaître et à regarder
autour de lui. Tout à coup un homme éperdu
passa près du sonneur de cloche, en appelant sa
femme et ses enfants.

— Est-ce vous, monsieur Bureau? demanda
Maurice, qui cherchait à le reconnaître dans la
nuit.

— Ragueneau! s'écria le commissaire général
du Layon; où est ma femme?

— Prise par les hussards, répondit Maurice.

— Et mes enfants, mes six enfants?

— Égorgés!

Bureau ne poussa qu'un faible cri et se laissa
tomber à terre; quand on voulut le relever, il était
mort!

Au point du jour, Ragueneau découvrit enfin

Marie-Jeanne, qui avait réussi à se sauver sous la protection de Musseau ; mais personne ne put lui donner de nouvelles de Céleste ni de sa mère. Ayant perdu tout espoir de les retrouver, il s'occupa de reconduire sa sœur à Chanseaux. Il fallut, pour cela, remonter la Loire, afin de trouver un gué, et ne marcher que la nuit, de peur des bleus. Enfin, le dixième jour, ils arrivèrent sains et saufs. Ce fut alors seulement qu'ils apprirent la dispersion complète de l'armée vendéenne, détruite à Savenay, et la captivité de madame Boguais, prise avec ses trois filles par les républicains.

Cette dernière nouvelle parut surtout frapper douloureusement Maurice. Tant de soins prodigués lui avaient rendu cette famille précieuse. Il s'était donné la tâche de la sauver, et avait fait de l'éternelle reconnaissance qu'elle lui devrait un de ses meilleurs espoirs. La vie de Céleste surtout lui était chère. Il l'avait préservée une première fois, puis protégée, défendue ; c'était, pour ainsi dire, son bien. Aussi, soit passion de dévouement, soif sollicitation confuse d'un sentiment plus vif, Rat gueneau ne put se faire à la pensée que tant d'eforts auraient été inutiles. Vivement ému d'abord, il tomba bientôt dans un sombre abattement. Marie-Jeanne ne lui en demanda point la cause, elle n'eût point su le questionner, et, lui, n'eût point su répondre ; mais ils se comprenaient sans se parler.

Quinze jours environ après leur arrivée, la jeune fille prit son frère à part et lui apprit qu'une femme du village de la Beltière avait recueilli chez elle un républicain blessé.

— Eh bien ? demanda Maurice.

— Le blessé vient de mourir, reprit Marie-Jeanne ; j'ai demandé à la Thibaud ses papiers et son uniforme.

— Pourquoi cela ?

— Parce qu'avec ces papiers vous irez au Mans et que vous pourrez peut-être servir *la demoiselle*.

Maurice trouva en effet chez lui le déguisement républicain, le certificat de civisme et l'ordre de route du jeune réquisitionnaire. Il fit aussitôt ses préparatifs sans avertir personne, attendit la nuit et partit pour Le Mans. Lorsqu'il arriva, le bataillon du mort, dont il avait pris la place, se trouvait heureusement absent. Enhardi par l'assurance que nul ne pouvait découvrir la substitution, il se présenta au dépôt, et, dès le lendemain, il cherchait les moyens d'arriver jusqu'aux prisonnières.

III

M. de Fromental. — La famille Boguais en prison. — Épreuve d'une mère. — Fuite d'Eulalie et de Céleste Boguais. — Encore *La Rose.* — Mort de Céleste.

Les dames Boguais n'occupaient point la maison ordinairement destinée aux détenus, mais un ancien couvent dont les toits effondrés et les fenêtres brisées laissaient passer le froid, la pluie et le vent. Les Vendéens, qui y avaient été entassés, manquaient de tout, moins par la négligence des chefs républicains que par le défaut de ressources. La pauvreté de la nation pesait aussi lourdement sur ses défenseurs que sur ses prisonniers. La Vendée, vaincue et captive, subissait maintenant à son tour

le sort qu'elle avait fait à ses vainqueurs. Ceux-ci,
parqués dans la famine par l'insurrection des campagnes, n'avaient depuis longtemps pour nourriture qu'un pain noir pesé à l'once. Or, ce pain
noir, partagé avec les prisonniers, commençait à
manquer. Tant de jugements exigeaient trop de
lenteur ! Chose horrible à dire, on avait hâte de
tuer, non par haine, mais par faim ! Les cachots
manquaient d'ailleurs. Depuis la déroute de Savenay, les colonnes républicaines rentraient dans
les villes en chassant devant elles, comme un troupeau, ces multitudes de vaincus. Châteaux, cou-
vents, églises, tout était devenu prison pour les
recevoir, et leurs flots grossissants remplissaient
tout, débordaient partout. Il fallait un moyen de
faire place ; ce fut Carrier qui le trouva.

Arrivé au Mans depuis trois jours, Maurice n'a-
vait encore pu s'assurer si les dames Boguais s'y
trouvaient prisonnières. Toutes ses tentatives pour
pénétrer dans le couvent où elles devaient être
enfermées étaient restées sans résultat. Un soir
qu'il rejoignait tout pensif son casernement, après
plusieurs démarches inutiles, il rencontra un dé-

tachement et s'arrêta sous un porche pour lui laisser passage. Un groupe de curieux s'y était formé.

— Tiens ! ce sont les volontaires de Paris, dit
une jeune fille, dont le bonnet à la Charlotte Corday
était orné d'une large cocarde tricolore.

— Encore quelque expédition contre les brigands! ajouta le vieillard placé près de Ragueneau !

— Ah ! bien oui ! une expédition ! interrompit
un jeune garçon en bonnet rouge et en carmagnole
bleu-tyran ; tu ne vois donc pas qu'ils n'ont ni sac
ni tambour ?

— Au fait, il a raison, s'écrièrent en même temps
plusieurs voix.

— C'est le second détachement qui passe ainsi.

— Il se prépare donc quelque chose ?

— Mais oui, mais oui, dit le jeune garçon d'un
air capable.

— Où cela ? demandèrent tous les assistants.

— A la prison.

Ragueneau tressaillit.

— A la prison ! répéta-t-il ; que veut-on y faire?

— Ah ! voilà ! reprit l'enfant avec importance ;
personne ne s'en doute, mais je le sais, moi. C'est

en allant chez le représentant, pour porter une lettre du président du club, que j'ai appris la chose.

—Quoi donc?

— Eh bien! j'ai entendu dire que, comme il arrivait demain de nouveaux brigands, il fallait avoir la place libre et faire sortir les prisonniers.

— Alors on les envoie ailleurs? demanda Ragueneau.

—Juste! et si tu veux savoir où ils vont, écoute ce bruit.

— Un feu de peloton? s'écrièrent plusieurs voix.

— C'est le roulement de la voiture qui les emporte! ajouta l'enfant avec un rire féroce.

Il y eut un cri général de saisissement, suivi d'un silence d'horreur; quant à Maurice, il s'était déjà élancé dans la direction de la fusillade, mais, en arrivant près de la prison, il fut arrêté par la foule. Deux rangées de baïonnettes se dessinaient au-dessus des têtes agitées, et une nouvelle troupe de prisonniers sortait du couvent. Ragueneau se fraya un passage à travers les spectateurs et arriva à l'ex-

trémité de la haie formée par les soldats, tout près
d'un porte-clefs qui tenait une torche. Celui-ci cria :

— Arrière ! et essaya de le repousser ; mais le sonneur de cloche résista, en répétant qu'il voulait voir.

— Voir quoi ? demanda le porte-clefs. Tu ne sais
peut-être pas ce que c'est que des brigands à qui
on va donner le baptême avec du plomb? Je te
dis de passer au large !

— Non ! s'écria le sonneur de cloche, en se cram-
ponnant à l'angle d'un mur, je veux rester ; je
veux savoir si elles y sont.

— Qui cela?

— Les demoiselles.

— Ah ! ah ! tu connais des femmes là-dedans?

— Oui... du moins j'en ai peur... Mais vous
pourriez me dire, vous...

— Plaît-il ? interrompit le porte-clefs en fronçant
le sourcil ; je crois que tu me dis *vous?*

— C'est une mère et ses trois filles, continua
Maurice sans prendre garde aux paroles du porte-
clefs; il y en a une qui est pâle et blonde...

— Et tu les nommes?...

— Boguais.

Ce nom n'était pas achevé qu'une main saisit vivement le bras du Vendéen; il se retourna étonné. Un homme, enveloppé d'un manteau, lui imposa silence du geste et l'entraîna rapidement dans l'ombre d'un des arcs-boutants de la chapelle.

— Tu connais la famille Boguais? demanda-t-il à voix basse.

— Je la connais, dit Maurice.

— Et il m'a semblé que tu désirais la voir sauvée?

— Oui.

— Alors, pas un mot d'elle, malheureux!

— Pourquoi cela?

— Parce qu'elle se cache, et que prononcer son nom maintenant, c'est la rappeler aux bourreaux.

— Ainsi elle est en sûreté... grâce à vous, sans doute? Votre nom, Monsieur?

— Viens, tu le sauras.

Pendant cette courte explication, les derniers prisonniers avaient quitté le couvent, dont les portes s'étaient refermées. L'inconnu conduisit Maurice au logement qu'il occupait sur la grande

place du Mans, et, ôtant le manteau qui l'envelop-
pait, dès qu'ils se trouvèrent seuls, il montra aux
regards étonnés du paysan l'uniforme de commissaire ordonnateur.

Tel était, en effet, le titre de M. de Fromental.
Favorable à la révolution, comme beaucoup d'autres gentilshommes, tant qu'elle avait seulement
empiété sur les prérogatives du roi et des parle-
ments, il s'était effrayé en la voyant passer outre
et avait pris rang dans cette garde constitution-
nelle spécialement créée pour détruire la constitution. Chassé de Paris le 10 août, il ne put échapper
aux listes de suspects qu'en sollicitant du service
dans les armées de la république. Il avait été envoyé au Mans après la grande déroute des Vendéens, et, décidé à remplir ses devoirs en homme
d'honneur, il s'efforçait de rétablir un peu d'ordre
dans le chaos que l'on appelait alors *l'administra-
tion militaire.* C'était à l'accomplissement de ces
devoirs qu'il devait la connaissance des protégées
de Maurice. Ses fonctions l'obligeaient à veiller aux
besoins des prisonniers; il remarqua parmi eux,
dès sa première visite, mademoiselle Eulalie Bo-

guais. Frappé d'abord de sa singulière beauté, il fut encore plus touché de sa dangereuse position. Les cœurs haut placés ne résistent guère aux entraînements d'un amour qui s'embellit de périls à braver. Conquérir par quelque grand dévouement la femme choisie est toujours le premier rêve des sérieux courages. M. de Fromental avait fait ce rêve et ne pouvait laisser échapper l'occasion de le réaliser. Averti le matin de l'exécution en masse des prisonniers, il avait, à prix d'argent, assuré à la famille Boguais la protection du geôlier, qui la conduisit, dès le coucher du soleil, au fond d'un réduit dont il connaissait seul l'entrée. Les quatre femmes restèrent là, cœur contre cœur, les bras enlacés, sans parole, sans pensée et presque évanouies. A chaque décharge, le groupe entier tressaillait et se resserrait dans une étreinte suprême. La nuit s'écoula ainsi ; enfin, lorsque les premières lueurs du matin pénétrèrent dans leur cachot, la mère et les filles osèrent regarder autour d'elles et s'aperçurent qu'elles n'étaient point seules. Deux femmes, en costume de religieuses, continuaient silencieusement la prière commencée la veille.

Enveloppées dans leur foi, elles n'avaient rien entendu.

M. de Fromental et Ragueneau, intéressés à une
œuvre commune, ne pouvaient manquer de s'entendre. Après une franche explication, tous deux
convinrent de s'associer pour la délivrance de madame Boguais et de ses filles. Moins en vue que le
commissaire ordonnateur, Maurice était plus libre
dans ses démarches ; il pouvait visiter les prisonnières sans être autant remarqué, s'entendre avec
elles et préparer leur fuite.

Dès le lendemain, M. de Fromental, qui l'avait
pris comme planton, chercha un prétexte pour
l'envoyer à la prison. Le sonneur de cloche en
revint très-abattu. Il avait trouvé madame Boguais
et Céleste couchées toutes deux sur un peu de
paille et dévorées par la fièvre. La mère n'avait pu
l'entendre ni lui répondre ; mais, au son de sa voix,
la jeune fille avait semblé sortir de sa somnolence,
ses yeux s'étaient rouverts, et elle avait essayé
pour lui un de ces sourires qui donnent envie de
pleurer.

A cette nouvelle, M. de Fromental déclara qu'il

13.

fallait hâter leur délivrance à tout prix. Par un de ces heureux hasards qu'expliquent la précipitation et le trouble qui alors régnaient partout, les noms de madame Boguais et de ses filles n'avaient point été portés sur le livre d'écrou. Le geôlier pouvait donc favoriser leur évasion sans exposer sa tête. Ragueneau fut chargé de le gagner. Malheureusement ce geôlier était un paysan normand élevé dans le Maine, c'est-à-dire l'avarice greffée sur la ruse. Il fallut débattre avec lui sou à sou, le prix de la guillotine! Après tout, on ne devait point oublier que maître *Fructidor* (c'était le nom sansculotte du digne gardien) avait toujours été un chaud patriote, un excellent père de famille, un geôlier incorruptible. Chacune de ces vertus avait une valeur et demandait à être payée. Ragueneau accorda tout ce qu'il pouvait accorder, et le marché fut enfin conclu.

M. de Fromental voulut avoir la joie de l'annoncer lui-même aux deux malades, tandis que le sonneur de cloche avertissait Eulalie et sa sœur. Toutes deux venaient de quitter leur mère et causaient près d'une fenêtre à demi-murée, qui ne leur laissait voir qu'une trouée dans l'éther. Un rayon du soleil couchant baignait leurs fronts, et l'air rafraîchi du soir jouait dans leur chevelure. Les yeux levés vers l'étroite ouverture, elles semblaient aspirer avec cette brise et sur ce rayon comme un souvenir de la liberté perdue. Oh ! combien elles regrettaient maintenant les longues marches à travers les landes, les bivouacs glacés à la lisière des bois, la faim à peine assoupie avec les baies de l'églantier ou l'oseille des prés, toutes ces misères subies au dehors, dans l'air libre et devant la face bénie du ciel !

Quand Maurice s'approcha d'elles, toutes deux venaient de se rappeler ce passé, et, la tête penchée, elles pleuraient en se tenant par la main. Le Vendéen leur annonça à voix basse leur prochaine délivrance, et, réprimant d'un geste le cri de joie près de leur échapper, il commençait à expliquer rapidement le plan de fuite convenu avec le citoyen *Fructidor*, lorsqu'une voix, qui se mêlait à celle de M. de Fromental, le fit tressaillir. Il se retourna vivement, et, aux dernières lueurs qui éclairaient l'immense salle, il reconnut *La Rose !*

Celui-ci portait la carmagnole, le bonnet rouge et le sabre indispensable à tout *citoyen actif*. A ses boucles d'oreilles d'argent, pendaient deux petites guillotines en ivoire sur lesquelles on avait gravé les mots : *Liberté, fraternité ou la mort!* Il était arrêté devant madame Boguais et devant Céleste, qu'il venait de reconnaître, et il feignait de les recommander à M. de Fromental, en rappelant tout ce qui pouvait les perdre. Ce dernier répondait d'un air d'indifférence ; mais sa froideur ressemblait trop au mépris pour que l'ex-valet pût s'y méprendre. *La Rose* s'interrompit tout à coup, lui lança un de ces obliques regards dans lesquels la haine se masquait de bassesse, et, après avoir vainement cherché Eulalie et sa sœur, que Ragueneau avait repoussées dans l'ombre, il sortit en promettant aux deux malades *de ne point les oublier!*

A peine eut-il disparu, que Maurice courut rejoindre M. de Fromental. Il avait deviné, comme lui, la menace que renfermait l'adieu de *La Rose*, et il en comprit tout le danger, quand il sut que l'ancien affidé du curé de Saint-Laud jouissait de l'entière confiance du représentant. Chargé par lui

de missions secrètes, il disparaissait et reparaissait
sans que l'on connût jamais les causes de son départ ni celles de son retour. C'était une de ces
mystérieuses existences que l'on ignore, mais que
l'on méprise, et qui ne vous laissent hésiter qu'entre les suppositions flétrissantes. Il fut convenu
que l'on n'attendrait pas l'effet de sa haine, et
M. de Fromental sortit pour faire tous les préparatifs de fuite, tandis que Maurice allait s'entendre
avec *Fructidor*.

Il arriva à la geôle au moment où *La Rose* en
sortait. Celui-ci venait d'inscrire sur le livre d'é-
crou les noms de madame Boguais et de Céleste.
Fructidor déclara que l'évasion des quatre femmes
était désormais impossible. Deux des jeunes filles
pouvaient seules partir, encore fallait-il que cé fût
le soir même ; le lendemain, il serait peut-être
trop tard. Ni les menaces de Ragueneau, ni les
prières de M. de Fromental, ne purent changer
cette résolution. Il fallut se soumettre et prévenir
madame Boguais par un billet de quelques lignes
que le geôlier lui fit parvenir.

Après avoir lu, la malheureuse mère demanda

à Dieu de mourir; mais ce ne fut que le désespoir d'un instant! Deux de ses filles pouvaient être sauvées; elle les attira à elle, et leur transmit la nouvelle à voix basse.

Toutes trois eurent le même cri : — C'est à moi de rester !

L'une objectait qu'elle était l'aînée et devait, à ce titre, soutenir sa mère jusqu'au dernier instant; l'autre, encore trop jeune pour avoir pris goût à la vie, était prête à en faire l'abandon; la troisième, enfin (c'était Céleste), se déclarait atteinte d'un mal impossible à guérir. Toutes trois parlaient avec larmes et prières, suppliant la mère de prononcer; mais la mère, incertaine entre ces amours égaux, sentait sa tête s'égarer et ne pouvait choisir. Cependant la nuit avançait; tous les prisonniers s'étaient endormis, le geôlier allait venir.

—Parlez, parlez, ma mère ! murmuraient les trois voix.

— Non, balbutia madame Boguais, non.... pas moi, mais Dieu !... Priez !

Toutes trois se redressent sur leurs genoux, les mains jointes et la tête penchée vers la malade,

qui répète, pour elles, la sublime prière des simples : *Notre père qui êtes aux cieux*. Tout à coup
une porte s'ouvre, des pas approchent, deux ombres paraissent. L'une se penche, reconnaît Eulalie et l'entraîne ; l'autre hésite un instant ; elle
prononce le nom de Céleste. La jeune fille lève in-
stinctivement la tête ; elle est aussitôt saisie, emportée, tandis que sa sœur Rosalie et madame Boguais, qui ont étouffé leurs sanglots, restent évanouies dans une douleureuse étreinte.

Les deux sœurs, enlevées séparément, se retrouvèrent derrière la prison, où Céleste reconnut dans
son libérateur Maurice Ragueneau. Elle voulut
parler, mais il lui imposa silence, mit un rouleau
de louis dans la main de *Fructidor*, et emmena
les deux prisonnières jusqu'à un carrefour où elles
trouvèrent un fourgon gardé par M. de Fromental ;
elles y montèrent, et le sonneur de cloche, en-
fourchant un des chevaux, rejoignit le convoi destiné aux troupes de Bretagne. M. de Fromental
les suivit jusqu'à Niort. Là, il fut obligé de prendre
la route de Nantes, après avoir averti les deux
jeunes filles que Ragueneau les conduisait à Châ-

teaubriand, où une dame, dont elles connaissaient le nom, consentait à leur donner asile.

Le convoi, après s'être arrêté un instant à Niort, se remit en marche ; mais la route était encombrée : on avançait lentement. Renfermées dans leur caisson à bagages, les deux sœurs souffraient du manque d'air et d'espace ; lorsqu'elles arrivèrent, le soir, à Nozay, Céleste était dans le délire de la fièvre ; elle se croyait sur le fatal tombereau près d'un prêtre auquel elle se confessait à demi-voix. Eulalie effrayée avertit Ragueneau, qui laissa le convoi continuer sa route et s'arrêta à un cabaret isolé au delà du bourg.

La nuit était close et le lieu solitaire. Maurice porta lui-même Celeste dans l'unique pièce de la petite auberge et la déposa sur une paillasse qui, avec quelques bancs, deux tables et une échelle conduisant au grenier, composait tout le mobilier. Eulalie et Ragueneau espéraient que l'air libre, joint à quelques instants de repos, remettrait la malade ; mais, loin de s'apaiser, la fièvre devenait plus ardente, le délire plus bruyant. Eulalie, à genoux près du lit, couvrait de larmes et

de baisers les mains de sa sœur ; Maurice, non
moins désespéré, était en proie à toutes les angoisses de l'irrésolution. Entouré de tant de périls, que
devait-il faire ? En restant, il était découvert ; en
partant, il exposait mademoiselle Boguais à la fatigue de la route ; alors même qu'elle eût pu la
supporter, il tremblait que son exaltation égarée
ne les trahît ! La cabaretière, qui s'était approchée
avec intérêt, proposa de consulter un médecin
établi depuis peu de jours à Nozay. Quel que fût
le danger d'une pareille consultation, le sonneur
de cloche comprit qu'il fallait en courir la chance.
Il accepta l'offre de la vieille femme, qui partit, et,
voulant être prêt à tout événement, il alla rebrider
les chevaux. Le bourg était voisin ; l'absence de la
cabaretière fut courte. Maurice venait de rentrer,
lorsqu'il la vit reparaître sur le seuil accompagnée
du médecin. Il conrut à leur rencontre ; mais, arrivé en face du nouveau venu, il poussa un cri :
c'était *La Rose !*

Celui-ci avait également reconnu Ragueneau, et
il recula en pâlissant ; le sonneur de cloche s'é-
lança d'un bond vers l'entrée, referma la porte et
s'y appuya.

— Ah ! malheureuse, c'était un piége ! s'écria *La Rose* en se tournant vers la vieille femme stupéfaite.

— Dis un hasard, répondit Ragueneau, ou plutôt la volonté du bon Dieu, car tu es venu ici pour recevoir le paiement de tes œuvres.

Il avait armé un de ses pistolets. *La Rose* voulut tirer son sabre; Eulalie et la cabaretière se jetèrent entre eux.

— On ne se bat pas ici, cria la vieille femme avec autorité.

— Ne le tuez pas, Maurice, ajouta mademoiselle Boguais suppliante.

— Pas de sang ! pas de sang ! murmurait Céleste, qui s'était redressée et qui comprenait à demi.

— Ne voyez-vous pas que, si je le laisse aller, le gueux va nous dénoncer ? reprit Ragueneau, dont la main tourmentait la batterie du pistolet.

— Non, interrompit *La Rose*, pâle d'épouvante, je jure devant le Christ....

— Ne jure point, Judas ! cria Maurice, je te dis que tu nous trahiras.

— Eh bien ! partons, partons ! dit Eulalie.

Ragueneau désigna Céleste du regard.

— Mais *elle*, dit-il plus bas, comment l'emmener ?

— Dites au citoyen médecin de la guérir, fit observer la cabaretière.

— Elle a raison ! s'écria Eulalie, il saura la soulager peut-être ; venez, Monsieur, et, si vous pouvez la sauver, nous oublierons tout, nous vous pardonnerons tout, nous vous bénirons !

Elle avait entraîné *La Rose* près du lit de sa sœur, déjà retombée dans son délire. Maurice comprit qu'après tout, la violence ne pouvait servir qu'à accroître le péril ; il abaissa son arme et attendit.

L'ancien valet de chambre s'était approché de la malade avec quelque hésitation ; mais, à ce dernier mouvement du sonneur de cloche, il parut se rassurer. Eulalie lui raconta rapidement ce qui était arrivé, détaillant les souffrances de Céleste avec cette sagacité émue dont les femmes seules ont le privilége. A mesure qu'elle parlait, le regard faux de *La Rose* reprenait son expression de basse effronterie ; il y eut même un moment où un reflet de joie hideuse traversa ses traits, mais ce ne fut qu'un éclair. Il sembla se consulter.

— Ceci n'est qu'une crise, dit-il enfin.

— Mais ne peut-on la calmer? interrompit Eulalie.

—Et mettre la malade en état de repartir? acheva Maurice.

La Rose attacha sur mademoiselle Boguais un regard étrange.

— On le peut, dit-il.

— Ainsi vous avez un remède? ajouta le sonneur de cloche.

— J'ai un remède.

— Que vous pouvez préparer ici?

— Sur-le-champ.

— Voyons alors.

La Rose se fit apporter un verre à demi-plein d'eau, y versa le contenu d'un petit flacon renfermé dans une trousse de voyage, et fit boire le mélange à la malade.

Ragueneau avait suivi toute cette opération avec un étonnement demi-soupçonneux et demi-craintif. Quelque aiguisé que fût cet esprit, l'ignorance du paysan y avait laissé des traces confuses. Pour lui, la science du médecin participait toujours un peu de la sorcellerie.

Il attendit l'effet de la potion dans une impatience curieuse.

Cet effet fut aussi rapide que puissant. A l'agitation convulsive de la malade succéda d'abord l'immobilité ; les paroles s'éteignirent sur ses lèvres ; sa tête retomba, ses yeux se fermèrent, et elle parut s'endormir.

La Rose déclara qu'elle pouvait maintenant se remettre en route, et fit un mouvement vers la porte ; mais Ragueneau, qui avait réfléchi, l'arrêta.

— Un moment, dit-il, nous ne partirons pas ainsi en laissant l'ennemi derrière nous ; si tu restes libre, tu vas nous faire poursuivre.

— Non, je promets...

— Oh ! pas de promesses ; nous n'y croirions point ; il nous faut quelque chose de plus sûr.

Et, montrant la trappe ouverte qui conduisait au grenier :

— Tu vas monter là avec la cabaretière, continua-t-il, je retirerai l'échelle pour que vous y restiez forcément jusqu'au jour, et demain le premier passant vous fera descendre; alors nous serons en sûreté.

La Rose voulut essayer quelques objections.

— Ah ! ne discutons pas, interrompit Ragueneau impérieusement; ceci n'est pas un choix, c'est un'ordre. Nous n'avons point le temps de causer; monte sans phrases, ou je te *brûle!*

Il avait saisi d'une main le bras de *La Rose* et lui appuyait de l'autre un pistolet sur la poitrine; l'ancien valet devint très-pâle.

— Eh bien! à la bonne heure, balbutia-t-il; puisque c'est le seul moyen de te rassurer, j'y vais.

Il monta en effet sans nouvelle réclamation, et la vieille femme le suivit.

Dès que tous deux eurent franchi la trappe, Ragueneau retira l'échelle, courut à Céleste qu'il porta dans le fourgon, y fit monter Eulalie, et partit au galop de son attelage.

Le ciel était serein, la route déserte; il laissa le caisson ouvert afin que les deux voyageuses pussent respirer librement. Loin d'être troublé par les cahots, le sommeil de la malade sembla devenir plus profond. La tête appuyée sur les genoux de sa sœur, elle demeura immobile, et sa respiration, d'abord bruyante, s'affaiblit insensiblement. Eulalie, rassurée et vaincue par la fatigue, se laissa aller elle-même à une de ces somnolences combattues qui, sans vous procurer le rafraîchissement du sommeil, vous enlèvent la lucidité de la veille. Les yeux à demi-entr'ouverts, elle voyait, au milieu de cette obscurité lumineuse des nuits étoilées, les arbres de la route, les auberges solitaires, les hameaux silencieux, passer rapidement comme les images fugitives d'un rêve. Ce fut seulement aux premières lueurs du jour, et en sentant le fourgon s'arrêter, qu'elle sortit de cette demi-extase. Les fugitifs se trouvaient devant une maison écartée; la porte s'ouvrit, des voix amies appelèrent Eulalie et Céleste; elles étaient arrivées !

Après le premier échange d'embrassements et de larmes, on porta Céleste, toujours sans mouvement, sur le canapé d'un petit salon. Ce fut alors seulement que Maurice, surpris de cette persis-

tante immobilité, se pencha vers elle avec inquiétude. On n'entendait plus le bruit de son haleine.
Il toucha ses mains; elles étaient froides. Il tourna
vivement son visage vers la lumière ; les narines
étaient contractées, les lèvres couvertes d'une
écume desséchée, les yeux vitreux et entr'ouverts.
Saisi d'épouvante, il appela Eulalie et ses hôtes,
qui crurent d'abord à un évanouissement; mais
tous les soins donnés à la jeune fille restèrent sans
résultat. Enfin, le médecin de la famille, secrètement appelé, arriva et déclara qu'elle était morte
empoisonnée!

Le désespoir d'Eulalie, en attirant d'abord toute
l'attention et toutes les sympathies, empêcha de
prendre garde à celui de Maurice. Frappé par ce
coup inattendu, il lui sembla que quelque chose se
brisait en lui. La douleur fut d'abord si cruelle,
qu'il se sentit chanceler et qu'il s'appuya au mur
les mains jointes. Cependant il conserva assez la
conscience de lui-même pour ne faire aucune démonstration, pour ne pousser aucun cri. Au plus
profond du désespoir, l'homme perd rarement son
orgueil, et l'impossibilité de traduire dignement

sa douleur lui en fait réprimer l'expression. Debout vis-à-vis du canapé sur lequel reposait la morte, le sonneur de cloche ne fit entendre ni regrets, ni plaintes. Qu'aurait-il su dire qui pût rendre ce qu'il sentait? Une larme retenue glissa à peine, malgré lui, sur sa joue brunie; encore fut-elle aussitôt séchée. Un flot de sang monta, tout à coup, à son visage pâli, ses yeux humides étincelèrent. L'idée de la vengeance venait de traverser sa douleur et de lui donner, pour ainsi dire, une issue. Il s'élança hors du salon, courut au fourgon, détela un des chevaux, et, lui enfonçant au flanc son éperon, il reprit au galop le chemin de Nozay; mais, lorsqu'il arriva au cabaret, il n'y trouva plus que la vieille femme : *La Rose* avait disparu.

Pendant huit jours, Maurice chercha partout *La Rose* au risque d'être lui-même découvert. Ses recherches furent inutiles; selon toute apparence, l'ancien valet avait quitté le pays. Forcé de renoncer à cette dernière espérance, le sonneur de cloche regagna Chanzeaux. Ces huit derniers jours l'avaient tellement changé, que Marie-Jeanne eut peine à le reconnaître ; en le voyant, elle joignit les mains et s'écria :

— Il est arrivé malheur à la demoiselle !

Ragueneau fit, de la tête, un signe affirmatif et s'assit au foyer. L'explication entre le frère et la sœur n'alla jamais plus loin. Ce fut indirectement et par hasard que la jeune fille apprit, quelques mois après, la mort de Céleste et celle de madame Boguais, qui venait de succomber en prison.

IV

Ragueneau à Chanzeaux. — Siége d'un clocher. — Mort du sonneur de cloche et de Marie-Jeanne. — Fin de la guerre.

A partir de ce moment, l'humeur de Maurice s'altéra ; chaque jour plus taciturne, plus farouche, il ne sembla prendre part à la vie que par la haine. Il se mit à *chasser aux bleus* comme les Tyroliens chassent au chamois, sans calcul, sans relâche, avec le fol emportement d'une passion que l'exercice grandit. Forcé de quitter Chanzeaux, où une municipalité républicaine s'était établie, il errait de commune en commune, recueillant, de loin en loin, quelques anciens compagnons, avec lesquels il attaquait les cantonnements. Quand personne ne se joignait à lui, il allait seul attendre les républicains isolés, non à l'affût, comme les chouans, mais au milieu de la route, où il les combattait en face.

De leur côté, les frères Cathelineau continuaient à tenir la campagne; Larochejacquelein avait reparu et devenait menaçant; Stofflet, rentré dans presque toutes ses positions, s'était remis en communication avec Marigny et avec Charette. Le comité de salut public, indigné de cette résurrection de la Vendée, écrivit à Thureau que si, dans un mois, la guerre n'était point terminée, il serait appelé à rendre compte de sa conduite. Thureau comprit le danger, et poussa sur les campagnes ses colonnes infernales, qui ne laissèrent devant elles que des cadavres et des cendres.

Tout à coup cependant l'armée exterminatrice s'arrête : la nouvelle de la révolution du 9 thermidor est arrivée de Paris; la Convention proclame l'avénement d'une divinité jusqu'alors inconnue dans son panthéon, la clémence ! Des propositions de paix sont faites aux chefs vendéens, qui les acceptent ; Stofflet seul hésite, refuse et se décide à continuer la lutte. Les royalistes de Chanzeaux, commandés par Pierre Le Gury et par Maurice, le soutiennent avec un acharnement sans espoir. Partout repoussés, ils continuent partout à combattre.

Enfin, le 9 avril au matin, ils apprennent que le corps commandé par les généraux Friderichs et Caffin marche sur leur village. Ragueneau accourt; tout est dans l'épouvante et la confusion : les femmes s'enfuient en emportant leurs enfants, les hommes s'efforcent d'entraîner les bestiaux vers les fourrés, les vieillards se chargent de ce qu'ils ont de plus précieux. Quelques paysans armés restent seuls à l'entrée du village; appuyés sur leurs fusils, ils regardent la fumée qui annonce au loin l'approche des colonnes républicaines, et ne savent ce qu'ils doivent faire. Le sonneur de cloche arrive au milieu d'eux, pâle de rage, et s'écrie :

— Il n'y a donc plus d'hommes ici, que les

femmes et les vieux se sauvent dans les bois ! Sur cent maisons qu'on comptait dans le bourg, les bleus vous en ont déjà brûlé soixante-dix, et vous les laisserez brûler le reste ! A quoi vous servent donc vos fusils, si vous ne savez pas défendre ce qui vous appartient?

— Ils sont trop ! dit sourdement Musseau, qui regardait à l'horizon ; j'ai consulté la relique... l'auréole est rouge !

— Et tu veux que la paroisse soit de la même couleur ? demanda ironiquement Ragueneau ; tu n'as pas honte de voir le feu et le sang courir comme de l'eau sur la terre où tu es né ! Laissez vos armes alors ; prenez chacun une pioche, et allez creuser la fosse où l'on jettera les corps de ceux que vous aimez.

— Par le Christ ! il a raison, s'écria un chasseur de Stofflet ; nous ne méritons pas d'avoir des femmes et des enfants, puisque nous ne savons pas les mettre à l'abri.

— Il faut défendre le village ! répétèrent plusieurs voix.

—Défendons ! répéta Musseau avec une sombre

14.

indifférence ; mais qu'on nous dise seulement où nous devons aller.

— Au clocher ! cria Maurice ; dans le clocher nous pouvons résister à une armée.

A ces mots, il y court avec seize compagnons. Dix de leurs femmes et de leurs sœurs voulurent les suivre ; Marie-Jeanne était à leur tête. L'abbé Blanvillain, prêtre assermenté, qui avait depuis rétracté son serment, se joignit à eux. Des munitions et des vivres, rassemblés à la hâte, furent portés dans la tour.

Celle-ci s'élevait seule au milieu de débris noircis par les flammes. La flèche dont elle était couronnée, l'église qu'elle dominait, tout avait été incendié quelque temps auparavant ; l'escalier même était détruit. Il fallut des échelles pour atteindre l'ouverture qui perçait la voûte et arriver au réduit où les cloches se balançaient autrefois. Ragueneau ferma cette brèche avec des poutrelles ; il construisit un échafaudage à la hauteur des meurtrières de la tour, et plaça un combattant près de chaque ouverture. Les femmes restèrent derrière pour charger les fusils.

Lorsque les bleus arrivèrent, tout était prêt, et le premier officier qui parut fut abattu par Maurice. L'attaque commença aussitôt, mais les balles des républicains ne pouvaient atteindre les défenseurs du clocher, dont, au contraire, tous les coups portaient. Ragueneau, debout à une des ouvertures, reprochait aux assaillants, l'une après l'autre, leurs sanglantes expéditions. A chaque coup tiré par lui, il criait :

— Voilà pour les quatorze femmes fusillées par le général Grignan ! Voilà pour les enfants égorgés à la Beltière ! Voilà pour les maisons brûlées au Plessis, à Saint-Ambroise, au Cormier, aux Bretèches, à la Vérouillère !

Et à chaque reproche on voyait tomber un soldat ; le cimetière fut bientôt couvert de morts. Les républicains, découragés, suspendirent le feu, reculèrent, et il y eut une pause.

Lorsque la fumée qui remplissait le clocher fut dissipée, les Vendéens purent se compter ; aucun d'eux n'était blessé. Les femmes échangèrent un regard d'espérance inquiète.

— Voilà les bleus qui s'éloignent, dit le chasseur de Stofflet.

— Ils abandonnent leurs morts, ajouta un paysan.

— Dieu est avec nous ! s'écria l'abbé Blanvillain.

Musseau contemplait sa relique d'un air morne.

— L'auréole est rouge ! l'auréole est rouge ! murmurait-il tout bas.

— A vos meurtrières ! interrompit Ragueneau; les voilà qui reviennent.

Des bleus rentraient, en effet, dans le cimetière en poussant devant eux une charrette de paille et de fagots, dont ils se faisaient un rempart. Il y en eut quelques-uns de tués; mais les autres parvinrent jusqu'à la tour et y firent entrer le chariot. Maurice, qui avait deviné leur intention, écarta vivement les poutrelles qui fermaient l'ouverture de la voûte; un des soldats tenait déjà une torche qu'il approchait des fagots entassés : un coup de feu partit, il tomba, et la torche alla s'éteindre dans son sang. Mais d'autres accouraient de tous côtés; la fusillade cessa aux meurtrières pour se concentrer sur le rez-de-chaussée de la tour. Les

républicains frappés l'un après l'autre, se succédaient sans interruption ; l'héroïsme de l'attaque
égalait l'héroïsme de la défense. Tout à coup un
cri de joie éclate parmi les assaillants : une lueur
brille, l'incendie est allumé ; il monte, il serpente
le long des murs, il atteint les poutrelles. Ragueneau et ses compagnons, suffoqués par la fumée, sont forcés de regagner l'échafaudage supérieur, mais la flamme les y poursuit. L'ennemi,
désormais secondé par le feu, dirige mieux ses
coups ; plusieurs Vendéens sont mortellement at-
teints. L'abbé Blanvillain, blessé, s'épouvante et
crie qu'il faut se rendre.

— Silence ! Monsieur, dit Ragueneau, remerciez
Dieu de sa bonté, car vous aviez trahi votre foi, et
il vous donne occasion de racheter cette faute par
le martyre.

L'abbé baisse la tête, reçoit une nouvelle blessure et tombe en joignant les mains.

Cependant le feu a gagné de proche en proche ;
des langues de flamme percent l'échafaudage couvert de blessés et de morts ; le plancher craque de
toutes parts. Ceux qui survivent se réfugient sur

les entablements, s'accrochent aux corniches.
Pierre Bureau, le dernier de cette lamentable famille égorgée à la déroute du Mans, est tué au
moment où il cherche un refuge. Ragueneau, noir
de poudre et couvert de sang, continue le combat.
Suspendu à une des meurtrières, il décharge les
armes que lui prépare Marie-Jeanne. Un coup de
feu l'atteint, il n'y prend pas garde; un second le
frappe, il persévère; mais deux balles lui trouent
en même temps la poitrine, son arme lui échappe!

— Enfin! murmure-t-il à demi-voix comme un
prisonnier qui sent venir la délivrance.

Et il s'abîme au milieu des flammes.

— Maurice, attendez-moi! crie Marie-Jeanne, qui
ouvre les bras et se laisse aller après lui dans la
fournaise.

Les bleus, témoins de cet horrible spectacle, se
troublent eux-mêmes et cessent de tirer. L'officier
commandant propose la vie aux survivants.

— Rendez-vous! rendez-vous! crient mille
voix.

— Non, dit le chasseur de Stofflet, tuez-
moi!

Une balle lui répond ; il tombe en disant :

— Je meurs pour le Dieu qui est mort pour moi !

Sublime folie qui vous touche et qui vous indigne à la fois ! Des deux côtés, c'était la foi qui chargeait les armes, c'était l'amour de la liberté qui faisait mourir ; la haine était surtout un malentendu.

Là finit ce combat prolongé pendant un jour entier. Des échelles furent dressées, et les bleus aidèrent leurs prisonnières à descendre. En voyant ces femmes demi-nues et égarées de désespoir, les plus durs se sentirent émus. Quelques soldats jetèrent leurs manteaux sur les épaules de ces pauvres filles, qui, à cette marque de bonté, fondirent en larmes ; on les conduisit à Chemillé, où elles demeurèrent jusqu'à la pacification.

La lutte entre les idées était désormais finie ; Dieu avait décidé. La grande Vendée, la seule qui ait eu un caractère héroïque et populaire, venait de s'engloutir, comme Maurice, dans les flammes du clocher de Chanzeaux. Les dragons de la république semblaient emporter dans leurs manteaux, avec ces femmes veuves et désolées, symbole même du passé. La tradition antique était vaincue, et la France appartenait pour toujours à l'esprit nouveau.

FIN.

Lagny. — Typographie de Vialat.

vol.

LAMARTINE.
nfidences. . . 1
Confidences. . 1
Louverture. . 1

PH. GAUTIER
aris en Europe 2
ntinople. . . 1
noderne. . . 1
otesques. . . 1

ORGE SAND
e ma Vie. . 10
at. . . . 1
ine. . . . 1
a. 1
re au Diable. . 1
ite Fadette. . 1
is le Champi. . 1
no. 1
elo. . . . 3
de Rudolstadt . 1
e. 1
es. 1
s d'un voyag. . 2
zia Floriani. . 1
de M. Antoine . 2
cinino. . . . 2
er d'Angibault. . 1
rn. Aldini . . 1
taire intime. . 1

RD DE NERVAL
ohème galante. 1
rq. de Fayolie. 1
illes du Feu. . 1

GÈNE SCRIBE
re (ouv. comp.) 20
édies. . . . 3
ras . . . 2
ras comiques.. 5
édies-Vaudv.. 10
lles. 1
rietles et Prov. 1
llo Alliaga. . . 3

NRY MURGER
Rendez-vous. 1
ys Latin. . . 1
s de Campagne 1
Buveurs d'Eau. 1
moureuses . . 1
s de ville et
pos de théâtre. 1
ces de Camille. 1
s de la Bohème 1
e la Vie de Jeun. 1

LLIER-FLEURY
g. et Voyageurs. 1

PHONSE KARR
emmes. . . . 1
e les Femmes. 1
e et Cécile. . 1
rs de mon Jard. 1
les Tilleuls. . 1
les Orangers. . 1
Fleurs. . . 1
ut. de mon jard. 1
ée de Vérités.. 1

vol.

Mme B. STOWE
Traduct. E. Forcade
Souvenirs heureux. . 3

CH. NODIER (Trad.)
Vicaire de Vakefield. 1

LOUIS REYBAUD
Jérôme Paturot. . 1
Paturot-République. 1
Dern. des Commis-
Voyageurs. . . 1
Le Coq du Clocher. 1
L'Indust. en Europe 1
Ce qu'on voit dans
une rue. . . 1
La Comt. de Mauléon..1
La Vie à rebours. . 1

FRÉDÉRIC SOULIÉ.
Mémoires du Diable. 2
Les Deux Cadavres. 1
Confession Générale. 2
Les Quatre Sœurs. 1
Au jour le jour . . 1
Marguerite. — Le
Maitre d'École. . 1
Le Bananier. — Eu-
lalie Pontois. . . 1
Huit jours au Château 1
Si jeunesse savait . 2

Mme É. DE GIRARDIN
Marguerite . . . 1
Nouvelles. . . . 1
Vicomte de Launay. 4
Marq. de Pontanges. 1
Poésies complètes. 1
Cont. d'une v. Fille. 1

ÉMILE AUGIER
Poésies complètes. . 1

F. PONSARD
Études Antiques. . 1

PAUL MEURICE
Scènes du Foyer. . 1
Les Tyrans de Village 1

CH. DE BERNARD
Le Nœud gordien. . 1
Gerfaut. 1
Un homme sérieux. . 1
Les Ailes d'Icare. . 1
Gentilhom. campagn. 2
Un Beau-Père. . . 2
Le Paravent . . . 1

HOFFMANN
Trad. Champfleury.
Contes posthumes. . 1

ALEX. DUMAS FILS
Avent. de 4 femmes. 1
La Vie à vingt ans. 1
Antoinette. . . . 1
Dame aux Camélias. 1
La Boîte d'Argent. . 1

LOUIS BOUILHET
Melænis. 1

JULES LECOMTE
Poignard de Cristal.. 1

X. MARMIER
Au bord de la Newa 1

vol.

PAUL DE MUSSET
La Bavolette. . . . 1
Puylaurens. . . . 1

CÉL. DE CHABRILLAN
Les Voleurs d'Or... 1
La Sapho 1

EDMOND TEXIER
Amour et finance. . 1

ACHIM D'ARNIM
Trad. T. Gautier fils.
Contes bizarres. . . 1

ARSÈNE HOUSSAYE
Femmes c. elles sont 1
L'amour comme il est 1

GÉNÉRAL DAUMAS
Le grand Désert. . 1
Chevaux du Sahara. 1

H. BLAZE DE BURY
Musiciens contemp.. 1

OCTAVE DIDIER
Madame Georges. . 1

FELIX MORNAND
La Vie arabe. . . 1

ADOLPHE ADAM
Souv. d'un Musicien. 1
Dern. Souvenirs d'un
Musicien. . . . 1

J. DE LA MADELÈNE
Les Ames en peine. 1

MARC FOURNIER
Le Monde et la Coméd. 1

ÉMILE SOUVESTRE
Philos. sous les toits 1
Conf. d'un Ouvrier. 1
Au coin du Feu. . 1
Scèn. de la Vie intim. 1
Chroniq. de la Mer. 1
Dans la Prairie. . 1
Les Clairières. . . 1
Sc. de la Chouannerie 1
Les derniers Paysans 1
Souv. d'un Vieillard. 1
Sur la Pelouse. . . 1
Soirées de Meudon. 1
Sc. et réc. des Alpes. 1
Les Anges du Foyer. 1
L'Échelle de Femm. 1
La Goutte d'eau. . 1
Sous les Filets . . 1
Le Foyer Breton. . 2
Contes et Nouvelles. 1

LÉON GOZLAN
Châteaux de France. 2
Notaire de Chantilly 1
Polydore Marasquin 1
Nuits du P.-Lachaise 1
Le Dragon rouge. . 1
Le Médecin du Pecq 1
Hist. de 130 femmes. 1
La famille Lambert. 1
La dern. Sœur Grise. 1

THÉOPH. LAVALLÉE
Histoire de Paris. . 2

EDGAR POË

vol.

CHARLES DICKENS
Traduction A. Pichot.
Neveu de ma Tante. . 2
Contes et Nouvelles. 1

A. VACQUERIE
Profils et Grimaces. 1

A. DE PONTMARTIN
Contes et Nouvelles. 1
Mém. d'un Notaire. . 1
La fin du Procès. . 1
Contes d'un Planteur
de choux. . . . 1
Pourquoi je reste à
la Campagne. . . 1

HENRI CONSCIENCE
Trad. Léon Wocquier.
Scèn. de la Vie flam. 2
Le Fléau du Village. 1
Les Heures du soir. 1
Les Veillées flamand. 1
Le Démon de l'Argent 1
La Mère Job. . . 1
L'Orpheline. . . . 1
Guerre des Paysans. 1

PAUL DE MOLÈNES.
Chroniques Contem-
poraines 1

DE STENDHAL
(H. Beyle.)
De l'Amour. . . . 1
Le Rouge et le Noir. 1
La Chartr. de Parme. 1

MAX. RADIGUET
Souv. de l'Amér. esp. 1

PAUL FÉVAL
Le Tueur de Tigres. 1
Les dernières Fées. 1

MÉRY
Les Nuits anglaises. 1
Une Hist. de Famille. 1
André Chénier. . 1
Salons et Sout. de Paris 1
Les Nuits italiennes. 1

ÉDOUARD PLOUVIER
Les Dern. Amours. 1

GUST. FLAUBERT
Madame Bovary. . . 2

CHAMPFLEURY
Les Excentriques. . 1
Avent. de Mlle Mariette 1
Le Réalisme. . . 1
Prem. Beaux Jours. 1
Les Souffrances du
profess. Delteil. . 1
Les Bourgeois de Mo-
linchart. . . . 1
Chien-Caillou.. . . 1

XAVIER AUBRYET
La Femme de 25 ans. 1

VICTOR DE LAPRADE
Psyché. 1

H. B. RÉVOIL (Trad.)
Harems du N.-Monde. 1

ROGER DE BEAUVOIR
Chev. de St-Georges. 1

vol.

F. VICTOR HUGO
(Traducteur.)
Sonn. de Shakspeare 1

AMÉDÉE PICHOT
Les Poëtes amoureux 1

ÉMILE CARREY
Huit jours sous l'E-
quateur. . . . 1
Métis de la Savane. 1
Les Révoltés du Pará 1

CHARLES BARBARA
Histoir. émouvantes. 1

E. FROMENTIN
Un Été dans le Sahara 1

XAVIER EYMA
Les Peaux-Noires. . 1
Femmes du N.-Monde 1

LA COMTESSE DASH
Les Bals masqués. . 1
Le Jeu de la Reine. 1
L'Écran. 1
Le Fruit défendu. . 1

MAX BUCHON
En Province. . . 1

HILDEBRAND
Trad. Léon W oquier
Scè. de la Vie holland. 1

AMÉDÉE ACHARD.
Parisiennes et Pro-
vinciales. . . . 1
Brunes et Blondes. 1
Les dern. Marquises. 1
Les Femmes honnêtes

A. DE BERNARD
Le Portrait de la Mar-
quise. 1

CH. DE LA ROUNAT
Comédie de l'Amour.

MAX V LREY
Marthe de Montrun.

A. DE MUSSET
GEORGE SAND
DE BALZAC etc.
Le Tiroir du Diable.
Paris et les Parisiens
Parisiennes à Paris.

ALBÉRIC SECOND
A quoi tient l'Amour.

Mme BERTON
(Née Samson.)
Le Bonheur impossib.

NADAR
Quand j'ét. Étudiant.
Miroir aux Alouettes

ÉMILIE CARLEN
Trad. M. Souvestre
Deux Jeunes Femmes

LOUIS ULBACH
Les Secrets du Diable

F. HUGONNET
Souvenirs d'un Chef
de Bureau Arabe.